CARMEN LIEBS

„Beiß die Nabelschnur durch und hau ab!"

Ein heiteres, ironisches, nicht ganz ernst
gemeintes und auch tröstliches Buch
über Mutter-Tochter Verhältnisse

DIESES BUCH IST IN
DANKBARKEIT GEWIDMET

Lollo & Gianna
Brigitte & Ingrid
Harry
Hartmut

für Ihren unschätzbaren Beistand

Benjamin Rudolf für Gestaltung des Buches
und die Erstellung meiner Homepage
www.benjaminrudolf.com

Jennne Baule-Prinz für die phantstischen Illustrationen
www.baule-prinz.de

Meinen momentanen Mitbewohnern
Kater „Mr. Sheffield" und Katze „Miss Fein"

und nicht zuletzt - na ja - meiner Mutter, sie hat es ja
immer nur gut gemeint...!

Das Gegenteil von gut ist gut gemeint
- Kurt Tucholsky -

Bibliografische Information der Deutschen Nationalbibliothek: Die Deutsche Nationalbibliothek ver-
zeichnet diese Publikation in der Deutschen Natio-
nalbibliografie; detaillierte bibliografische Daten sind
im Internet über http://dnb.dnb.de abrufbar.

www.nabelschnur-buch.de

Carmen Liebs
Schatzlgasse 2
82335 Berg

Herstellung und Verlag:
BoD – Books on Demand, Norderstedt

ISBN: 9783753401829

INHALTSVERZEICHNIS

ZITATE & VORWORT...1

KAPITEL 1 7
„Frau Dr. Hirndübel und Frau Dr. Seelenbalsam"

KAPITEL 2 10
„Das Mutter-Tochter-Telefonat"

KAPITEL 3 15
„Billigflüge"

KAPITEL 4 21
„Intimsphäre - was ist das?"

KAPITEL 5 28
„Wehe, wenn meine Mutter einen Nachschlüssel hat!"

KAPITEL 6 31
„Mein zahnfressender Onkel Rübezahl"

KAPITEL 7 37
„Ihr Wille geschehe!"

KAPITEL 8 42
„Wenn du nicht zu Hause bist…"

KAPITEL 9 45
„Auch dein Garten ist Mein"

INHALTSVERZEICHNIS

KAPITEL 10 50

„Vergessene Kinder und Hunde"

KAPITEL 11 59

„Bitte tu mir keinen Gefallen!"

KAPITEL 12 64

„Meine Mutter als Schwiegermutter"

KAPITEL 13 67

Meine Nichte und Mutters Schrankwand-Traum"

KAPITEL 14 72

„Alle Oldtimer sind Schrott!"

KAPITEL 15 76

„Mein (Alb)-Traum vom Lotto-Jackpot"

KAPITEL 16 80

„Mutters Essverhalten"

KAPITEL 17 85

„Was mir nicht schmeckt..."

KAPITEL 18 90

„Oldtimer-Fundus"

KAPITEL 19 93

„Weitere Geschichten zur Schusseligkeit meiner Mutter"

INHALTSVERZEICHNIS

KAPITEL 20..97
„Ein Geheimschrank ist nicht geheim"

KAPITEL 21...101
„Urne zu Hause? Bloß nicht!"

KAPITEL 22...104
„Kind, wann wirst du denn endlich schwanger?"

KAPITEL 23...107
„Plädoyer FÜR meine Mutter"

ZITATE

„Seit es Flugzeuge gibt sind entfernte
Verwandte leider nahe Verwandte."

Nach Helmut Qualtinger

„Freunde sind Verwandte,
die wir uns aussuchen können."

Peter Sellers

„Bei manchen Verwandten wünschte
man sich, es wären Entfernte."

Standesamt Lüdenscheid

„Das Familienleben ist ein
Eingriff ins Privatleben."

Karl Kraus

„Die Familie ist in Ordnung, wenn man den
Papagei unbesorgt verkaufen kann."

William Rogers

„Mütter mit Töchtern sind nicht Familie,
sondern Widerstandsnester."

Kuno Klaboschke

ZITATE

„Zwei Dinge sollten Kinder
von ihren Eltern bekommen:
Wurzeln und Flügel."

Johann Wolfgang von Goethe

„Mich stört nicht dein Dasein,
sondern dein Hiersein."

Klaus Klages

„Verwandte eignen sich nicht als Vorbilder
– man kennt sie zu genau."

Manfred Strahl

„Fisch und Besuch stinken nach drei Tagen."

(Volksmund)

„Mein Haus ist sauber genug, um gesund zu bleiben
und schmutzig genug, um glücklich zu sein."

(Volksmund)

„My home is clean enough to be healthy and dirty
enough to be happy."

(Popularly known)

VORWORT

Ach wär' ich doch ein (tierisches) Säugetierkind!

Wenn eine Katzenmama Nachwuchs bekommt, passiert Folgendes: Die Katzen-Mutter verteidigt ihre Brut notfalls unter Einsatz ihres Lebens und säugt ihre Babys.

Recht rasch aber hat sie von ihrem „Säugejob" die Schnauze voll und haut der Brut eins auf die Mütze, wenn sie weiterhin an ihre Zitzen will. Na gut, sie bringt ihrem Nachwuchs möglichst noch das Jagen bei, dann ist aber endgültig Schluss! Wenn die jagen können, dann überleben die auch ohne ihre Katzenmama!

Sie vermittelt den lieben Kleinen eindeutig die Botschaft: Ich habe meine Pflicht getan, nun haut ab und seht, wie ihr alleine durchs Leben kommt. Gründet gefälligst eure eigenen Familien und lasst mich zufrieden. ICH werde mich künftig NIE in euer Leben einmischen.

Ach, wär' ich gern ein solches Säugetierkind! Da hat man frühzeitig seine Ruhe. Oder haben Sie mal gehört, dass es in der Tierwelt solchen Unsinn gibt wie Muttertage oder Vatertage, runde Geburtstage, Familienfeiern mit Onkeln, Tanten und dem ganzen anderen – meist heißgeliebten – Familienclan? Nein? Na also, geht doch, zumindest in der Tierwelt, die machen sich wahrlich nicht so affig!

Wer zum Teufel hat eigentlich erfunden, dass Menschenfamilien ein Leben lang in Verbindung bleiben (müssen, sollen, wollen)?
Dieses eingespielte Muster geht manchmal gut, aber sehr oft auch nicht. Davon will ich Ihnen aus meinen leidvollen Erfahrungen in diesem Buch erzählen. Eventuell höre ich beim Lesen dieser Zeilen ja manchmal ein verständnisvolles und mitfühlendes Seufzen von Ihnen...

Also, ich habe eine Mutter. Sie auch? Sind Sie mit dieser - freiwillig oder unfreiwillig - in Verbindung?

Im Falle „unfreiwillig" gilt Ihnen mein herzliches Beileid!

Mütter sind in aller Regel nur auf der Welt, um Ihnen lebenslang Vorwürfe zu machen. Der Leitfaden hierzu ist:

- Ich lag mit dir 18 Stunden in den Wehen...
- Diesen Schmerz werde ich nie vergessen, deshalb musst du dich mir ein ganzes Leben unterordnen.
- Wenn du das nicht tust, bist du ein undankbares Kind.

Meine Geburt:

Hier halte ich es sehr gerne mit Hildegard Knef, nachfolgend zitiere ich einen ihrer berühmtesten Songs:

„Ich kam im tiefsten Winter zur Welt,
hab' drei Mal geniest, mich müde gestellt,
der Vater war wütend, er wollt' einen Sohn,
ich sah' mich so um und wusste auch schon....
von nun an geht's bergab...." *

Ich kam nicht im tiefsten Winter, sondern Ende Mai zur Welt, mein Vater war auch nicht wütend, er hatte schon einen Sohn, aber Hildegard Knefs Aussage „Von nun an geht's bergab" trifft meinen Leidensweg nach der Geburt schon recht gut. Ich hatte es ja leider versäumt, die Nabelschnur durchzubeißen und abzuhauen.

* © peermusic (Germany) GmbH

Falls Sie es - wie auch ich - versäumt haben, die Nabelschnur sofort durchzubeißen und abzuhauen, könnte es sein, dass Sie lebenslang leiden werden. Es sei denn, ich kann Ihnen mit diesem kleinen Büchlein eine Art Hilfe, Rettung oder einen Leitfaden geben. Sie meinen, dazu sei es schon zu spät?

Ich kann Sie nur trösten: Es ist nie zu spät! Wehren Sie sich!

- Haben Sie kein schlechtes Gewissen, um sich von dieser Frau namens Mutter zu distanzieren, falls es wirklich nicht anders geht. Eine Katzenmama lebt ja auch gut ohne ihre Brut. Und vor allem – die Brut lebt auch recht gut ohne sie.
- Leben Sie Ihr eigenes Leben.
- Lassen Sie sich von Ihrem Umfeld kein schlechtes Gewissen einreden: „Das kannst du doch nicht tun, das ist doch deine Mutter, die meint es doch nur gut mit dir...“
- Ich sage nur, wenn es nicht anders geht: „Auf, weg und davon … und bloß nicht umdrehen und zurückschauen... !“

KAPITEL 1

„Frau Dr. Hirndübel und Frau Dr. Seelenbalsam
– meine rettenden Engel"

Durch die belastenden Vorkommnisse mit meiner grenz-
überschreitenden Mutter, von denen ich Ihnen im Ver-
lauf dieses Buches berichte, werde ich seit einiger Zeit
engmaschig fachtherapeutische unterstützt, um mich
lösen zu lernen. Sie meinen, ich hätte das nicht nötig?
Na, dann wünsche ich Ihnen viel Freude bei der weite-
ren Lektüre! Am Ende werden Sie verstehen. Sie werden
nicht anders können als Ihren privaten Rezeptblock zu
zücken und mir weitere Beratungen und Unterstützung
zu verordnen.

Mit engmaschiger therapeutischer Hilfe meine ich wirklich engmaschig.

Ich genieße seit einiger Zeit phantastische Beratung,
einmal durch Frau Dr. Dipl.-Psych. Hirndübel und zum
anderen von meiner Heilpraktikerin Frau Dr. Seelenbalsam. Beide Damen sind für mich derzeit noch so unver-
zichtbar, dass ich sie auch nicht während meiner (vielen)
Urlaubsreisen missen kann und mag.

Okay, ich buche – und bezahle - zusätzlich zwei Zimmer bzw. Balkonkabinen für meine Helferlein, die sind
mir das wert. Bei Flugtickets allerdings muss ich sparen,
soweit möglich.
So haben die beiden Damen und ich uns darauf geei-

nigt, dass sie jeweils als „Sperrgepäck", so zum Beispiel in Schrankkoffern, mit mir reisen. Warum eigentlich kann man so unsinniges Zeug wie Sportgeräte (Golfschläger, Skier, Surfbretter etc.) für günstiges Geld im Flugzeug mitnehmen, aber nicht seine derzeit überlebensnotwendigen Therapeuten?

Da beide Damen aus Spargründen im Gepäckraum eines Flugzeugs landen, musste ich sie natürlich mit wärmenden Pelzmänteln ausstatten. Das waren ganz schöne Anschaffungskosten, aber unumgänglich. Sie wissen ja, in 10.000 Metern Flughöhe hat es im Gepäckraum ja nur ca. minus 40 Grad.

Die beiden Damen haben sich übrigens inzwischen derartig angefreundet, dass sie längst „per DU" sind und bei mir einen Antrag gestellt haben, künftig in einem gemeinsamen Schrankkoffer zu reisen, da es ja sehr fad (= bayerisch; hochdeutsch „langweilig") sei, insbesondere bei Langstreckenflügen, alleine in einem Schrankkoffer zu reisen.

Bevor ich zum Eingemachten, zu den Erlebnissen mit meiner Mutter in den späteren Kapiteln komme, gestehe ich ganz offen und ehrlich, dass ich momentan zusätzlich einen längeren Aufenthalt in einer psychosomatischen Fachklinik beantragt habe. Von Frau Dr. Dipl. Psych. Hirndübel habe ich erfahren, dass es eine Klinik dieser Art gibt, in der ausschließlich Patientinnen mit starkem Mutter-Tochter-Konflikt aufgenommen werden. In den Vorab-Informationen der Klinik heißt es allerdings, dass mit ständigem Baulärm zu rechnen sei, da diese Spezialklinik wöchentlich zwei zusätzliche Flügel und zwei zusätzliche Stockwerke dazu baut. Oh, nein, ich verrate Ihnen die Adresse dieser Klinik nicht, weil dann damit zu rechnen wäre, dass diese Klinik irgendwann mal das Ausmaß einer Großstadt hätte. Wie wohl der Name dieser Großstadt wäre? Mutterstadt! Ja, ja ich weiß, es gibt in Deutschland tatsächlich einen Ort namens Mutterstadt, dieser Ort hat allerdings mit der oben beschriebenen Klinik gar nix, aber auch wirklich gar nix zu tun.

Sie glauben mir nicht? Da haben Sie Recht, aber laut Aussage meiner Helferinnen könnte es durchaus so sein.

Nun zum Ernst des Mütter-Töchter-Daseins in mancher Realität.

KAPITEL 2

„Das Mutter-Tochter-Telefonat
- ich verfluche Flatrates."

Es gab einmal die gute alte Zeit, in der das Telefonieren noch richtig an den Geldbeutel ging. Vor allem Ferngespräche (ab ca. fünf Kilometern in ländlichen Gebieten!) waren reiner Luxus, und man hielt sich kurz. Waren das schöne Zeiten!

Flatrates sind ja was Feines für gute Freunde und geschäftliche Belange. Für familiäre Angelegenheiten aber sollten nach wie vor horrende Tarife gelten wie weiland Überseegespräche, als die Telefonleitungen noch von Kontinent zu Kontinent durch die Meerestiefen gezogen wurden. Da kosteten drei Minuten mal eben den Gegenwert einer halben Monatsmiete. Da hat man sich genau überlegt, was man zum Besten gibt.

Leider haben sich diese Zeiten nun mal geändert, und deshalb kommt es immer wieder zu entsprechend zeitraubenden, nervenzerfetzenden und überflüssigen Telefonaten. Ich berichte Ihnen nachfolgend mal von einem Telefonat mit meiner Mutter vor zwei Monaten:

Sie: Hallo Kind, du meldest Dich ja nie...

Ich: Mutter, wir haben erst vorgestern lange miteinander telefoniert!

Sie: Kind, ich muss dir erzählen, dass die Nachbarin gestorben ist, habe ich dir das schon erzählt?

Ich: Ja, Mutter!

Sie: Ach wirklich, habe ich? Also die Nachbarin ist gestorben und ist ....

Ich: Mutter, das hast Du mir in den letzten sechs Monaten gefühlte 234 bis 356 Mal erzählt.

Sie: Ja, also, lass Dir erzählen, die Nachbarin ist gestorben und bei der Trauerfeier…

Ich *(verzweifelt)*: Mutter, ich kenne die Geschichte hinlänglich. Außerdem riecht es hier irgendwie nach Rauch, ich muss mal Nachschau halten!

Sie *(empört)*: Rauch? Wo soll der denn in deiner Wohnung herkommen? Vielleicht hast du einen Toast anbrennen lassen?

Ich *(sehr verzweifelt)*: Mutter, es ist 14 Uhr und habe noch nicht mal gefrühstückt, weil heute meine Steuererklärung für das letzte Jahr fertig sein muss, sonst bekomme ich saftige Säumniszuschläge vom Finanzamt. Es riecht immer stärker nach Rauch!

Sie *(sehr empört)*: So, so, Frühstücken ist dir also wichtiger, als dir endlich mal wieder, nach langer Zeit, ein ganz klein wenig Zeit für ein Telefonat mit deiner armen Mutter zu nehmen.

Ich *(frustriert)*: Mutter, ich sehe gerade, dass aus der Werkstatt im Erdgeschoss Rauch quillt, ich glaube, ich muss sofort die Feuerwehr rufen!

Sie *(sehr hartnäckig)*: Habe ich dir schon erzählt, dass die Nachbarin gestorben ist und dass ihr Bruder stockbesoffen eine Trauerrede…

Ich *(zaghaft)*: Mutter, meine Werkstatt brennt ab!

Sie *(sehr von oben herab)*: Was du dir immer für Ausreden einfallen lässt, um nicht mit mir telefonieren zu müssen!

Ich *(mir war jetzt alles egal)*: Mutter, ich muss jetzt wirklich die Feuerwehr anrufen und AUUUAAA, ich wollte mir grade wegen knurrenden Hungers ein Stück Brot abschneiden und hab mir ein Drittel meines linken Daumens mit der Brotmaschine abgeschnitten. Ich muss nicht nur dringend die Feuerwehr, sondern auch den Notarzt anrufen, Hilfe! Schmerz! Und ich brauche doch für mein künftiges Leben dieses Daumenstück...

Sie *(epischer Tonfall)*: Na ja, du hast ja immerhin eine phantastische private Unfallversicherung, die du bisher noch nie in Anspruch genommen hast. Du bezahlst ja seit Jahren jeden Monat entsprechende Beiträge, dann müsste endlich diese Unfallversicherung mal löhnen... Auch wenn du Rechtshänderin bist, ein linker Daumen ist bei einer privaten Unfallversicherung sicher auch allerhand wert.

Ich *(Kleinkinderstimme)*: Mutter, ein intakter Daumen wäre mir lieber...

Sie *(perfide)*: Habe ich dir schon erzählt, dass die Nachbarin gestorben ist und was bei der Urnenbeisetzung passiert ist...

Ich *(resigniert)*: Mutter, der Daumenstumpf blutet stark. Ich werde wohl gleich ohnmächtig und muss vorher dringend das abgesäbelte Daumenstück auf Eis legen, damit es in der Unfallklinik wieder angenäht werden kann. Außerdem höre ich Sirenen, die Nachbarn haben wohl schon die Feuerwehr gerufen!

Sie *(noch perfider)*: Habe ich dir schon erzählt, dass die Nachbarin und vor allem, unter welchen Umständen die gestorben ist?

Ich *(mir war ja eh' schon alles egal)*: Mutter, mein Kater kommt gerade auf nur noch drei Beinen durch den Garten gehumpelt, wahrscheinlich hat ihm der Bauer des Nachbargrundstücks ein Pfötchen abgemäht. Ich muss jetzt wirklich aufhören und auch noch die Tierrettung alarmieren!

Sie *(wie immer)*: Ja ja, typisch, ich habe dich unter furchtbaren Schmerzen geboren, habe mich ein Leben lang für dich aufgeopfert und dann hast du noch nicht einmal Zeit, ausnahmsweise mal ausgiebig mit deiner armen Mutter zu telefonieren. „Tiefes Seufzen". Das hat man nun davon, Kinder sind ja so undankbar!

Sie *(hängt auf)*: Ende des Telefonats.

KAPITEL 3

„Billigflüge"

„Seit es Flugzeuge gibt, sind entfernte Verwandte
leider nahe Verwandte"
(Helmut Qualtinger)

Meine Mutter hatte zwei Brüder. Ich hatte damit folgerichtig zwei Onkels. Einer war der Onkel Rübezahl, von dem werde ich Ihnen später noch berichten. Er lebte zusammen mit meiner Mutter in einem Haus in einem Kaff an der ehemaligen Zonenrandgrenze (für Jüngere: das sind die Wessi-Gebiete, die an die frühere DDR-Grenze ragten). So viel vorab zu „Onkel Rübezahl".

Der andere Bruder meiner Mutter war Uncle Herman the German. Der Name kommt daher, weil der schlaue Mensch schon frühzeitig Richtung England und danach nach Amerika abgehauen ist.

Wahrscheinlich deprimierte ihn die Lebensperspektive.

1. In diesem sehr nebligen, engstirnigen, spießigen und lausigen Kaff zu leben (oh nein, ich verrate Ihnen nicht den Namen dieses Kaffs – und, seien wir mal ehrlich: Weltweit gibt es solche Käffer!!) Unter solchen Lebensumständen gibt es nur zwei Möglichkeiten: „Bleib da und arrangiere dich, oder hau ab!"

2. Ich mutmaße mal, dass mein Uncle Herman womöglich auch aus einem anderen Grund abgehauen ist: Auch er hatte ja eine Mutter, meine Großmutter; auch Söhne leiden manchmal still und leise unter dem Kopfkissen weinend unter ihren Müttern.

Auf jeden Fall war Uncle Herman the German aus meiner Sicht ein gescheiter Mann. Er riss bei Nacht und Nebel mit etwa 17 Jahren nach London aus. Dort ist es zwar oft auch neblig, aber die eigene Mischpoke ist für damalige Verhältnisse schon mal gaaanz weit weg. Es gab ja auch noch keine Billigflüge, außerdem hatte Uncle Herman the German eine panische Flugangst. Er absolvierte in London in einem Luxushotel eine fundierte Oberkellner-Ausbildung.

Nur zwei Mal im Leben ist Uncle Herman nach Hause zurückgekehrt. Einmal zwei Jahre nach seinem Verschwinden Mitte 1965 und dann erst wieder zum 89. (!) Geburtstag meiner Oma, seiner Mutter, in den 80er Jahren.

Uncle Hermann übersiedelte nach seiner Ausbildung in London per Schiff in die USA. Die Distanz Kaff-London schien ihm wohl aus bereits genannten, diversen Gründen noch zu gering.

Dort machte er eine stattliche Karriere als Oberkellner in diversen Luxushotels und Restaurants von Weltruf. Er bediente – unter vielen anderen – auch Frank Sinatra! Über diese Tatsache wurde natürlich ganzseitig samt Foto im Regionalblatt des erwähnten Kaffs im Ex-Zonenrandgebiet ausführlich berichtet: „Ein geliebter Sohn unserer wunderschönen Kleinstadt bediente sogar Frank Sinatra." Das Foto hatte Uncle Herman natürlich der örtlichen Presse zukommen lassen, wohl nicht zuletzt, um zu zeigen: „Schaut her, ihr Landeier, zu was man es alles bringen kann, wenn man gescheit genug ist, abzuhauen."

Uncle Herman hatte es geschafft, sich eine wunderschöne Villa in einem Nobelviertel von Dallas/Texas zu bauen. Er war gerade erst in Rente gegangen, da ereilte ihn ein tödlicher Herzinfarkt. Sehr bedauerlich, aber er hatte ja ein spannendes Leben und eine Art gnädigen „Sekundentod" weitab von irgendwelchen Familienbanden. Da gibt es Schlechteres!

Ein Nachbar dieses Nobelviertels, ein gewisser Phil, hat meinen Onkel, noch bewusstlos, im Vorgarten liegend gesehen und den Notarzt angerufen. Uncle Herman ist dann in einer Klinik in Dallas verstorben.

Irgendwie hat Phil, der Nachbar, der ihn im Vorgarten liegend gefunden hatte, ein unglaublich liebenswerter Christenmensch, es durch äußerst umfangreiche Recherchen geschafft, mit meiner Mutter und meinem Onkel Rübezahl in Kontakt zu kommen. Die beiden flogen daraufhin sofort nach Dallas, um alles Weitere abzuwickeln.

Der besagte Phil ist ein wirklich wahrer Christenmensch, der sich ein Leben lang aufopfernd und selbstlos um Hilfsbedürftige (in diesem Fall meine Mutter und Onkel Rübezahl) kümmert. Die beiden sprechen, bis auf wenige Brocken, kein Englisch. Das ist ja auch keine Schande. Aber, wickeln Sie mal im fremdsprachigen Ausland einen Todesfall und den Verkauf einer Immobilie ab!

Dafür braucht man auch in Deutschland schon fünf Rechtsanwälte und mindestens drei Notare.

Die Abwicklung der gesamten Angelegenheit samt Verkauf der Uncle-Herman-Villa dauerte insgesamt etwa eineinhalb Jahre. In dieser Zeit hat der besagte Christenmensch Phil meiner Mutter und Onkel Rübezahl Tag und Nacht (!) zur Seite gestanden. Der arme Kerl!

Aber das Gute für mich: Meine Mutter war zwölf Flugstunden entfernt von mir. Köstlich!

Ich war mit besagtem Phil in engem telefonischen Kontakt. Einmal war ich auch 14 Tage in Dallas vor Ort und habe besagten Phil persönlich kennengelernt. Recht früh verstand der Christenmensch meine Botschaft: „Sei es wie es will, meine Mutter ist – hurra! - momentan zwölf Flugstunden von mir entfernt."

Wegen Einreise- und Aufenthaltsvorschriften der USA mussten die beiden alle drei Monate von den USA in irgendwelche Drittländer ausreisen, um dann wieder in die USA einreisen zu dürfen.

Durch die verfluchten Billigflüge reiste man mal nicht eben über die mexikanische Grenze ein und aus. Hätte eventuell auch genügt. Aber nein - meine Mutter beschloss, alle drei Monate nach Deutschland zu fliegen. Das hat die nur gemacht, weil

1. Sie mich ja so lange nicht persönlich gesehen hat.
2. Sie wieder meinen Haushalt, meinen Garten, mein Grundstück, meine Ehe mit dem besten Oldtimer-Schrauber der Welt und mein armes Seelenleben nach ihrem Willen gestalten und durcheinanderbringen muss. Wo kämen wir denn hin, wenn sie sich nicht alle drei Monate bei mir einmischt? Dazu gibt es ja „Billigflüge"!

Nach der jeweiligen Rückkehr in die USA erhielt ich vom Christenmenschen Phil jeweils einen Anruf mit der Botschaft: „Jetzt sind sie, Deine Mutter und Dein Onkel Rübelzahl, mal wieder gerade 12 Flugstunden von dir entfernt. Du Glückliche!" Phil hat in seinem Betreuungskummer schnell gelernt.

Zur Abwicklung des Erbes von Uncle Herman the German:
Bei dem Termin mit einem texanischen Rechtsanwalt vor Ort hatte ich tatsächlich sprachlich, trotz einigermaßen anständiger Englischkenntnisse, keine Chance... wenn der Christenmensch Phil nicht als Dolmetscher dabei gewesen wäre. Ist halt so gewesen, als würde ein Bayer (des bin i) mit einem Hamburger mit starkem

Dialekt sprechen. Geht auch nicht! Da versteht der eine vom anderen auch nur höchstens die Hälfte.

Wie erwähnt: nach ca. eineinhalb Jahren war die ganze Angelegenheit, Tod des Bruders meiner Mutter und Immobilienverkauf, abgewickelt, und man kehrte endgültig nach Deutschland zurück.

Die letzte Botschaft von Phil war die Folgende: Jetzt sind die beiden endgültig 12 Flugstunden von mir entfernt. Gott segne dich und stehe dir bei, du armes Kind! Wenn in meinem Wohnviertel jemals wieder einer ohnmächtig im Garten liegt, werde ich ...

KAPITEL 4

„Intimsphäre – was ist das?
Postgeheimnis – was soll denn das sein?"

Meine Mutter beansprucht keinerlei Intimsphäre für sich selbst. Sie kennt das Wort noch nicht einmal! Eigentlich ihre Sache, sie ist ja „gut über 18 Jahre". Das Problem: Sie gesteht auch niemand anderem so etwas wie „Intimsphäre" zu.

Zum Beispiel: Sie ist als Gast bei mir zu Hause. Ich habe einen Fundus von mindestens 50 bis 100 Handtüchern und weise ihr immer wieder zwei Handtücher zu, die sie bitte auch benutzen soll.

Keine Chance! Sie benutzt meine persönlichen, in meinem Gebrauch befindlichen Handtücher. Auch wenn ich weiland aus ihrem Schoß gekrochen bin, möchte ich keinesfalls (m)ein Handtuch benutzen, mit dem sie kurz vorher eben diesen abgetrocknet hat. Mühen in den mindestens letzten 30 Jahren bleiben fruchtlos.

Weiter in Sachen „mangelnde Intimsphäre": meine Mutter ist wahrlich eine äußerst attraktive und ansehnliche Frau, auch noch mit ihren inzwischen 80 Lenzen. Auch ihre Figur ist soweit o.k., aber man ist ja keine 18 mehr. Sie ist aber leider wie manch andere Frauen: Man will sich gern ausziehen und „oben ohne" sonnen. Mal ganz ehrlich: Wieso eigentlich, wozu denn die sogenannte „nahtlose Bräune am ganzen Körper", wer sieht

einen schon gerne nackt im fortgeschrittenen Alter?
Weiter in Sachen „mangelnder Intimsphäre."

Komisch, mit steigender Konfektionsgröße haben
(nicht nur) Frauen ein unzähmbares Verlangen, sich
„oben ohne" zu sonnen und zu zeigen. Ich kann das
nicht nachvollziehen. Auch Nacktheit gehört für mich
zu (m)einer klaren Intimsphäre.

Warum wollen sich eigentlich gerade Leute mit zuneh-
mendem Alter und XXL-Kleidergrößen bei jeder sich
bietenden Gelegenheit entblößt präsentieren?
Kurze Erklärung zu weiblichen Konfektionsgrößen:

Mit Kleidergröße 32/34 steht man kurz vor dem Hun-
gertod.
Mit Kleidergröße 36/38 ist man gertenschlank.
Mit Kleidergröße 40/42 hat man eine schon etwas ge-
mütlichere Figur.
Ab Kleidergröße 48/50 hat man definitiv ein Problem in
Sachen Nahrungsaufnahme und Fettverbrennung.

Meine Mutter (Kleidergröße 42/44, also soweit im absolut grünen Bereich) war mal wieder zu Besuch. Sie hatte
eine Freundin (geschätzte Kleidergröße 58/60 oder gar
mehr) mitgebracht. Wir saßen im Garten. Mein Mann,
der beste Oldtimer-Schrauber der Welt, war zu diesem
Zeitpunkt im Erdgeschoss in seiner Werkstatt (ja, genau
die, die mir wegen des Tochter-Mutter-Telefonats ab-
gebrannt ist, siehe Kapitel 1).
Meine Mutter hatte, diesmal zusammen mit ihrer Freun-

din, mal wieder die Anwandlung, sich im meinem Garten „oben ohne" sonnen zu wollen. „Der Garten ist ja so herrlich uneinsehbar von irgendwelchen Nachbarn."

Da hat es mir endgültig gereicht. Meine Ansage: Mein armer Mann ist zwar in der Werkstatt, womöglich aber kommt er mal zufällig rauf und sieht euch dann (halb) nackt! Dieser Anblick wird meinem Mann nicht zugemutet! Womöglich erblindet er sofort. Wenn ihr beiden blutjunge, schlanke und hübsche Teenager wärt, würde ich ja glatt meinen Mann in der Werkstatt anrufen, damit er – „sozusagen ungeplant" - mal rauf kommt und was Hübsches sieht. So aber, bitte bedeckt euch, wie es eurem Alter und euren Konfektionsgrößen angemessen ist!

Antwort meiner Mutter: „Kind, warum bist du denn schon wieder so aggressiv? Wie kann man nur so prüde sein?"

Weiter in Sachen der „mangelnden Intimsphäre" meiner Mutter. Mit meinen Katzen hat sie nicht so wirklich was am Hut.

Eines Morgens meinte sie beim Frühstück: „Pfui Teufel, bäh-bäh, hier riecht es nach Katzenklo."

Frei nach dem wunderbaren Kaffee-Werbespot habe ich mit italienischem Akzent geantwortet: „Mamma mia, meine Katze sinne Freigänger, lege ihre Häuflein unter Bäume und Büsche in Garte und vergrabe Häuflein da

– isch habe gar kein Katzeklo."

„Aber hier stinkt es doch eindeutig", meinte Mutter.

Meine Antwort: „Mutter, eventuell riechst du dich selbst. Du hast vor wenigen Minuten dein großes Geschäft abgewickelt. Wie üblich weder mit ver- noch geschlossener Badezimmertür. Du riechst wahrscheinlich Dein eigenes Geschäft..."

Antwort: „Ich rieche doch nicht nach Katzenklo...!"

Jeder Katzenhalter weiß, dass Katzen alles, aber auch alles, vor allem auch die Menschensprache, genau verstehen. Nach diesen unerhörten und unberechtigten Bezichtigungen meiner Mutter hatten meine Katzen Prostest-Schilder gemalt und sind damit mit einer Protestaktion auf ihren Hinterpfoten im Kreis durch mein Bauernzimmer gelaufen.
Auf den Protestschildern stand in großen Lettern:

Auch mit dem Postgeheimnis steht meine Mutter etwas auf Kriegsfuß. Hatte ich schon berichtet, dass meine Mutter mit meinem Onkel Rübezahl in diesem „Kaff am Ex-Zonenrandgebiet" in einem Haus lebt? Natürlich hatte ich.

Immerhin leben die beiden in getrennten Stockwerken, das mag schon „Mord- und Totschlag" verhindert haben?!

Meine Mutter hat nach ihrer Scheidung (von meinem Vater) wieder ihren Mädchennamen oder Geburtsnamen angenommen. Beide Vornamen von ihr und Onkel Rübezahl beginnen mit einem M. Und die Nachnamen sind halt eben dieselben.

Die Post für beide wird durch einen Briefschlitz in der Hauseingangstür geworfen.

Sie hat es sich zur lieben Angewohnheit gemacht, immer und immer wieder die Post von Onkel Rübezahl aufzureißen und zu checken.

Dann hat sie mir immer wieder Einzelheiten zukommen lassen. „Was der mal wieder für Handykosten hat! Mit wem quatscht der denn immer so viel und so lange? Habe gerade die Kreditkartenrechnung von deinem Onkel Rübezahl gecheckt, oii, der hat anscheinend mal letztens wieder das ganze Lokal freigehalten!"

Mein immerwährender Einwand, dass es ein Postgeheimnis gäbe und dass das nicht Einhalten dieses Post-geheimnisses durchaus einen Straftatbestand darstellen würde, prallten an ihr ab.

Wenn also ein Brief, eine Rechnung kommt mit dem abgekürztem Vornamen M. plus (Nachnamen) konnte sie ja nicht anders, als diese Post zu öffnen, die mag ja für sie sein. „Ich dachte, das sei für mich...ohne Brille sehe ich das nicht so genau..."

Mein Einwand „Du hast weder ein Handy und damit folgerichtig keinen Handyvertrag und damit keine mo-natliche Rechnung", hat sie natürlich nie zur Kenntnis genommen.

Sie hat es sogar schon durchgezogen, Handyverträge meines Onkel Rübezahl zu kündigen unter dem Mot-to „...mein armer Bruder ist gerade operiert worden, ist bettlägerig und momentan nicht so ganz Herr seiner Sinne..."

Sie meinte es doch nur gut! Sie wollte ihn ja nur schüt-zen. Damit der Ärmste sich nicht verschuldet, ob seiner Handyrechnungen etc.

Zusätzlich hat meine Mutter einen recht ausgeprägten Mitteilungszwang. So wusste meist nicht nur das famili-äre Umfeld, sondern auch das halbe Kaff über den Kon-tostand oder über die Höhe der Handyrechnung meines Onkel Rübezahl Bescheid. „Man redet ja sonst nix!" Irgendwann ließ er (mein Onkel Rübezahl) sich einen recht soliden eigenen Briefkasten an der Außenwand des Hauses montieren. Hat bloß nicht viel genutzt, da ja meine Mutter und er den gleichen Nachnamen und beide Vornamen mit denselben Initialen inne haben. Eigentlich kann auch er nur wie sein jüngerer Bruder, Uncle Herman the German, ins Ausland auswandern, damit er mal endlich seine Post ausschließlich für sich selbst hat.

KAPITEL 5

„Wehe, wenn meine Muttereinen Nachschlüssel hat!"

In früheren Zeiten war ich so leichtsinnig, meiner Mutter einen Ersatzschlüssel für meine damalige Junggesellinnen-Bude auszuhändigen.

Ersatzschlüssel zollen ja eigentlich von einem großen Vertrauensbeweis und sind aber auch ausschließlich dafür gedacht, dass während eigener Abwesenheit irgendwelche unvorhersehbaren Dinge passierten könnten.
Zum Beispiel für Notfälle wie Feuer, Wasserrohrbruch, Erdbeben, Atomexplosionen oder Ähnliches.

Meine Mutter empfand die Beute des Ersatzschlüssels für meine Wohnung als Freibrief.

Freibrief dafür, dass sie zu jeder Zeit, unangemeldet und unerwünscht, in meiner Bude aufgetaucht ist.

Sie war mal mit einer gemeinsamen Freundin von uns in München bei einem Stadtbummel unterwegs, als sie die Eingebung hatte, zu unserer gemeinsamen Freundin zu sagen:

„Wir besuchen mal eben meine Tochter in ihrer Junggesellinenbude."

Rückmeldung unserer gemeinsamen Freundin:

„Da sollten wir schon den Anstand haben, uns bei deiner Tochter telefonisch anzumelden, ob sie überhaupt zu Hause ist und ob wir denn willkommen sind..."

„Papperlapapp, selbst wenn meine Tochter nicht zu Hause ist, kann ich mal eben Nachschau halten, ob deren Bude anständig und fein aufgeräumt ist."

Wenig später standen die beiden dann vor meiner Wohnungstür. Meine Mutter war gerade dabei, ihren Nachschlüssel mal eben flugs in meine Wohnungstür zu stecken und aufzuschließen.

Besorgte Nachfrage unserer gemeinsamen Freundin Annegret: „Wir sollten zumindest mal höflichkeitshalber klingeln, womöglich liegt ja Deine längst erwachsene Tochter mit einem Kerl in ihrem Schlafzimmer."

Ja, Annegret hat Anstand, Respekt und überhaupt.
Meine Mutter nicht!

Die Anfrage „Wir sollten doch zumindest mal klingeln..." blieb fruchtlos.

Sie polterte also in meine Wohnung.

Seit dieser Zeit weiß ich live, was ein „Koitus Interruptus" ist.

Ich neige längst dazu, allem Negativen etwas Positives abzugewinnen: Womöglich hat mich die jähe Unterbrechung meiner damaligen sexuellen Aktivität an diesem Tag vor einer ungewollten Schwangerschaft bewahrt. Womöglich hätte ich eine Tochter mit ausschließlich ihren Genen zur Welt gebracht. Gott – oder wer auch immer – behüte!

KAPITEL 6

„Mein zahnfressender Onkel Rübezahl"

„Freunde sind Verwandte, die man sich
aussuchen kann"
(Peter Sellers)

Selbst wenn es in diesem Buch primär um meine Mutter
geht, kann ich nicht umhin, auch von meinem Onkel
Rübezahl zu berichten. Der geht mir zwar nicht so ans
Eingemachte, hat aber dieselben Gene wie meine Mutter.

Übrigens:
Um meinen Mann vor dem möglichen Ausbruch meiner muttervererbten Gene zu schützen, hatte ich für den
Fall, dass bei mir diese Gene überhand nehmen sollten
bereits vor 25 Jahren für meinen Mann und mich einen
Notartermin vereinbart. Mein Mann und ich waren zu
diesem Zeitpunkt mal eben zwei Jahre innig verbandelt.

Bei dem Notartermin sollte auf meinen ausdrücklichen
Wunsch hin Folgendes festgelegt werden: Wenn ich
meiner Mutter und dem Onkel Rübezahl allzu ähnlich
werde, hat mein Mann das Recht, mich standesrechtlich
zu erschießen.

Der Notar war natürlich etwas verunsichert und un-
schlüssig, ob er eine solche Urkunde ausfertigen könne

oder dürfe? Ob er damit nicht gegen sein Standesrecht verstoßen würde? Nach einigen Erzählungen meinerseits, die ich Ihnen in diesem Buch darstelle, passierte Folgendes:

Der Notar hat uns mit einem fassungslosen, kummervollen und sehr sehr ernsthaften Blick angesehen. Da dachte ich: Eine solche Urkunde wird der wohl nicht ausstellen...

Das Gegenteil war der Fall! Er erhob sich von seinem Sessel und rannte hurtigen Beines in sein Vorzimmer. Er stoppte seine Mitarbeiterinnen mit den Worten: „Meine Damen, bitte unterbrechen Sie sofort alle Aktivitäten, wir haben hier gerade einen bisher nie gekannten, dringenden Fall, der keinerlei Aufschub erlaubt.
Wir müssen umgehend eine Urkunde ausfertigen!"

Der Notar hat uns also am Ende des Termins eine entsprechende Urkunde ausgehändigt. Zusätzlich hat er seine üblichen Gebühren auf ein Minimum gesenkt.

Ich bin nicht nur durch meine Mutter, sondern auch teilweise durch meinen Onkel Rübezahl (von dem eher sanft) geplagt. Ansonsten mag ich den eigentlich ganz gerne, wirklich!

Aber, der ist schon auch eine spezielle Nummer: der war mal bei uns zu Gast. Mein Mann – Gott hab' ihn selig – hatte sich monatelang angstvoll angestellt, weil ihm ein Weisheitszahn gezogen werden musste. Irgendwann wagte er dann todesmutig den schweren Gang zum Zahnarzt. Nach Vollzug der Zahnreißaktion hat mir mein tapferer Mann stolz seinen rausgerissenen Weisheitszahn auf unserem Bauernzimmertisch präsentiert.

Nachmittags, ich hatte den Weisheitszahn meines Mannes auf dem Tisch völlig vergessen und liegen gelassen, hatte ich Besuch von Onkel Rübezahl aus dem Ex-Zonenrandgebiet.

Was da passierte, war der nackte Wahnsinn! (Gene,?!?). Ich schwöre Ihnen, diese Geschichte ist wirklich so passiert! Ich bereitete in der Küche gerade etwas vor, als ich Onkel Rübezahl vom Bauernzimmer her irgendwie unwirsch brummeln und grummeln hörte. Schnell begab ich mich Richtung Bauernzimmer, um Nachschau zu halten.

Onkel Rübezahl schaute mich vorwurfsvoll an und meinte: „Das Popcorn auf deinem Tisch ist aber sehr hart gewesen, ich habe es gleich wieder ausgespuckt."

Onkel Rübezahl hatte diesen Weisheitszahn tatsächlich für ein Stück Popcorn gehalten! Bitte, wer legt schon ein einzelnes Stück „Popcorn" als Bewirtung für seine Besucher auf seinen Tisch? Das ist doch nicht zu fassen!

Immerhin hat er den Weisheitszahn meines Mannes nicht geschluckt, sondern ausgespuckt. Immerhin! Seitdem hat Onkel Rübezahl den Namenszusatz „der Zahnfresser".

Mein Onkel Rübezahl ist ein recht geselliger Mensch. Er war mal wieder mit einem Kumpel unterwegs, und die beiden haben sich ordentlich „einen auf die Lampe gegossen".

Jeder zu Hause gebliebene und nicht alkoholbetäubte Mitbewohner hat es furchtbar dick, wenn ein derartig Alkoholisierter auftaucht. Menschen in diesem Zustand reden dummes Zeug und kichern über Geschichten, die man nicht annähernd nachvollziehen kann.

Er befand sich (mal wieder) in diesem Zustand.

Mein Onkel Rübezahl und seine Gattin hielten immer im Garten zwei Schweinchen. Immerhin gehörten sie ja zur Vor- und Nachkriegsgeneration. Wenn mal wieder eine Währungsreform käme und Lebensmittelkarten eingeführt würden, hätte man Vorsorge getroffen, dass man sich zumindest mal eine eigene „Wurscht" zubereiten kann.

Mein Onkel Rübezahl war in Anbetracht seiner Ehefrau und deren Drohung „Wenn Du noch einmal mit einem Saurausch heimkommst, lasse ich mich scheiden!", unfreiwillig schon sehr rücksichtsvoll geworden.

Er kam mal wieder mit einem „SAU-Rausch" nach Hause (Woher kommt der Ausdruck eigentlich? Schweine saufen in aller Regel keinen Alkohol) und beschloss, seine Ehefrau von seinem körperlichen und mentalen Zustand zu verschonen. Auch wollte er seiner Gattin keinesfalls seine kräftige „Fahne" im gemeinsamen Schlafzimmer zumuten.

Deshalb fasste er mal eben – aus reiner Rücksichtnahme auf seine Frau - den Entschluss, in dem Häuschen der beiden Gartenschweinchen die restliche Nacht zu verbringen.

Am nächsten Morgen, wieder nüchtern und einigermaßen bei Sinnen, wunderte er sich, warum er sich in einem Saustall befand, mit jeweils links und rechts einem Schweinchen im Arm. Die Schweinchen fanden das toll. Ihr Herrchen hatte die ganze Nacht mit ihnen verbracht.

Seine Ehefrau fand das nicht so toll. Sie würdigte zwar die Absicht, dass sie von einem erneuten Saurausch meines Onkels, ihres Ehemannes, verschont geblieben war, meinte aber nur sehr undankbar: „Du riechst wie ein Schweinestall, begib dich sofort unter die Dusche!"

Undank ist der Welten Lohn!

KAPITEL 7

"Ihr Wille geschehe!"

"Mich stört nicht Dein Dasein,
sondern Dein Hiersein"
(Klaus Klages)

Wenn meine Mutter und ich uns auf neutralem Boden treffen, läuft das eigentlich immer ganz gut.
Mit neutralem Boden meine ich: Jeden – aber auch jeden beliebigen Ort auf dieser schönen Welt, der sich außerhalb meines Grundstücks und meines Haushalts befindet.

Wenn sie allerdings zu Gast bei mir ist, vermittelt sie mir permanent durch Gesten, aber auch anhand klarer Ansagen das Gefühl, dass sie alles besser weiß und kann als ich! Mit "Gesten" meine ich: Blicke, Augenaufrollen, Brummtöne, Zungenschnalzen etc.

Brate ich Rouladen an, beugt sie sich kopfschüttelnd über meinen Bratentopf, schnappt sich aus dem Küchenschrank einen anderen Topf und brät die Rouladen erneut an. "Die hättest du viel kräftiger anbraten müssen, so kriegst du da nie einen ordentlichen Geschmack dran!" Ich koche gern und viel, und immer hat es allen bei mir geschmeckt!

Hänge ich Wäsche auf die Leine, geht sie zielstrebig

Richtung Wäscheleine los und hängt meine Wäsche irgendwie anders auf mit der Ansage: „So musst du Deine Wäsche aufhängen, da kriegst du viel mehr auf die Leine!"

Lege ich meine Wäsche dann zusammen, um sie in den Schrank zu räumen, legt sie meine Wäsche ungefragt irgendwie anders zusammen, weil ich nach ihrem System mehr Wäsche in meinen Schrank räumen könnte.

Eine andere Geschichte: Voller Freude habe ich nach jahrelangem Suchen auf einem Flohmarkt ein hölzernes, kleines Tisch-Bierfässchen entdeckt. Sie wissen schon, so mit Zapfhahn und so. Die Ecke meines Bauernzimmer-tisches und ich hatten Jahrzehnte lang sehnsuchtsvoll genau auf dieses Fässchen als fehlendes Deko-Stück gewartet. War das eine Freude für die Bauernzimmertischecke und für mich!
Bis meine Mutter wieder einmal kam, Originalton: „Wer hat denn dieses hässliche Fass in diese Ecke gestellt?" Wumm! Niemand, aber auch niemand stellt einen Dekorationsgegenstand in seiner eigenen Bude irgendwo hin, wenn er diesen Gegenstand nicht wirklich toll findet. Oder?

Mein Mann und ich haben im Rahmen eines Urlaubs in Frankreich ein wunderschönes, sonnengelbes Essgeschirr erstanden. Bei jeder Mahlzeit zu Hause kam Urlaubsfeeling auf. Beim nächsten Besuch meiner Mutter meinte sie jedoch nur geringschätzig: „Das ist doch nur Keramik, das ist ja kein echtes Porzellan!" Und brachte beim nächsten Besuch ein äußerst umfangreiches Porzellangeschirr eines deutschen Nobelherstellers mit.

Als ich es wagte zu sagen: „Aber Mutter, warum hast du dich denn mal wieder in Unkosten gestürzt? Ich habe doch gar keinen Platz für dieses Geschirr, mein Mann und ich haben uns doch erst in Frankreich dieses wunderschöne, sonnengelbe Geschirr gekauft...wir brauchen doch kein weiteres Geschirr...", war da ihre verständnislose, leicht beleidigte Antwort: „Euer Geschirr war doch nur minderwertiges Steingut. Was seid ihr undankbar! Ihr werdet schon noch sehen, was ihr davon habt, ich schenke euch nichts mehr, undankbares Volk!"

Ach – wäre das schön, bitte schenk' uns ungefragt einfach gar nix mehr!!!

Mangels zweibeiniger Menschenkinder bin ich seit gut 15 Jahren eine liebevolle Katzenmama. Ich habe eine Weibskatz namens „Fran Fein" und einen Kater namens „Mr. Sheffield". Die Katzennamen stammen aus der Serie „Die Nanny". Komisch, gerade eben fällt mir auf, dass die Hauptdarstellerin in der Serie eine Mutter hat, die eine Zwillingsschwester meiner Mutter sein könnte, in jeder Hinsicht.

Also, so viel Geld wie Menscheneltern in ihre zweibeinigen Nachkommen investiere ich zwar nicht in meine Samtpfoten, aber ich habe halt großen Spaß daran, meinen beiden Miezen so allerhand Kuschelplätze zu spendieren. Neben Katzenhängematte, Katzensofa und Katzenstrandkorb (!) gibt es bei mir noch einige hübsche Schlafplätzchen dieser Art. Ich versichere Ihnen an dieser Stelle, dass es zusätzlich ausreichend Sitz- und Kuschelgelegenheiten für Menschen bei mir gibt.

Die Frage meiner Mutter bei einem ihrer Besuche: „Ist das hier ein Tierheim oder was? Wie viele Katzenplätze brauchen denn deine zwei Katzen noch? Übrigens, dein Kater wetzt gerade seine Krallen an deinem (Menschen)-Fernsehsessel!"
Mutter, was soll ich denn tun? Meinem Kater die Krallen ziehen lassen?

Ernsthafte Anmerkung: In den USA gibt es tatsächlich Katzenhalter, die ihren Miezen unter Vollnarkose die Krallen ziehen lassen, um ihre Möbel zu schonen. Manche Katzenhalter lassen den Miezen sogar die Stimmbänder durchtrennen, weil sie das Miauen stört. Ich persönlich bin der Meinung, dass solchen Katzenhaltern als auch solchen Tierärzten ihre Finger- und Fußnägel und ihre Stimmbänder ebenso gezogen werden sollten, aber bitte ohne Vollnarkose.

Katzenhalter kennen das, Katzen sind nahezu unerziehbar und verweigern sich konsequent jeglichem Verbot.

Meine Mutter war mal wieder während der Abwesenheit meines Mannes und mir zu Besuch. Irgendwie hatten wir die Rückfahrt in unserem Wohnmobil erheblich hinausgezögert. Wir haben jeden erreichbaren Rastplatz und jede erreichbare Tankstelle angesteuert. Bis ich mir meinen Mann zur Brust nahm: „Du willst jetzt auch

nicht so schnell nach Hause, weil die da wieder bei uns
rumräumt, sei doch mal ehrlich, du Feigling!"

Als wir dann doch nach den vielen vielen Stopps nach
Hause kamen, empfing uns meine Mutter mit der freu-
digen Botschaft: „Ich habe in den letzten Tagen zwei
Wildhasen eingelegt, so mit Rotwein, Lorbeerblättern
und Wildgewürz..."

Höchst alarmiert habe ich nachgeschaut, ob meine Katzen noch am Leben sind. Sie waren es! Aber – wenn Sie
bis hierher gelesen haben, können Sie sicher verstehen,
dass da ein gewisser Verdacht bestand.

KAPITEL 8

„Wenn du nicht zu Hause bist, kann ich bei dir endlich mal in Ruhe aufräumen"

„Das Familienleben ist ein Eingriff ins Privatleben"
(Karl Kraus)

Besuche meiner Mutter bei mir zu Hause während meiner Anwesenheit sind nur noch damit zu toppen, dass sie bei mir zu Hause ist, während ich nicht daheim bin! Das haben Sie sich bestimmt schon gedacht.

Nach diversen Aufräumaktionen gegen meinen Willen und während meiner Abwesenheit habe ich es mal ganz sanft probiert.

„Mutter, kennst du eigentlich den Unterschied zwischen willkommener Hilfestellung und höchst unwillkommener Einmischung?"

Antwort meiner Mutter: „Wo soll denn da ein Unterschied sein? Ich meine es doch nur gut, sei doch froh, wenn bei dir endlich mal aufgeräumt wird."

Die Vorfälle in diesem und im vorherigen Kapitel haben dazu geführt, dass ich aus reiner Notwehr richterliche Hilfe in Anspruch nehmen musste.

Ich wollte eine also höchstrichterliche Entscheidung bekommen, dass meine Mutter in meinem Haushalt nicht mehr rumräumen darf. Sozusagen ein „Aufräum-Rum-räum-Einmisch"-Verbot. Ich wollte doch nur meinen Seelenfrieden retten.

Das zuständige Amtsgericht hat meinen Antrag abgelehnt (es war ein männlicher Richter).
Das zuständige Landgericht hat abgelehnt (es war ein männlicher Richter).
Das Bundesgericht hat abgelehnt (es war ein männlicher Richter).

Verzweifelt und höchst gebeutelt hatte ich dann endlich Erfolg vor dem Europäischen Gerichtshof in Brüssel (es war eine Richterin, Hurra!).

43

Zusätzlich muss meine Mutter künftig eine „Drei-Mei-len-weg-bleib-Zone" um mein Grundstück einhalten (es war eine Richterin)…

Auf dem beschriebenen „neutralen Boden" werde ich sie womöglich irgendwann einmal von Zeit zu Zeit treffen.

KAPITEL 9

„Auch Dein Garten ist Mein"

„Mütter mit Töchtern sind nicht Familie, sondern
Widerstandsnester" *(Kuno Klaboschke)*

Ich habe einen kleinen Garten. Es gibt ja Leute mit dem
sogenannten „grünen Daumen". Ich gehöre nicht dazu!
Immerhin überleben einjährige Sommerpflanzen zwischenzeitlich in meinem Garten und auf meiner Terrasse. Dünger kriegen sie nur, wenn ich zufällig mal dran
denke, und Wasser, wenn ich gerade nichts anderes zu
tun habe. Meist habe ich etwas anderes zu tun und denke an etwas anderes. Pflanzen an meiner Seite sind so
robust, dass sie demnächst vom Bund für Pflanzen- und
Umweltschutz wissenschaftlich untersucht werden.

Ich bin eine unglaublich fürsorgliche und liebende Katzenmama, aber mit Pflanzen, na ja, siehe oben.

Als mein Mann und ich von der feindlichen Großstadt
aufs vermeintlich friedliche Land zogen, beschloss ich
trotz absoluter Garten-Nichtahnung, im brachliegen-
den Garten was einzupflanzen. Ich habe beim örtlichen
Gärtner (für den geschätzten Wert eines Kleinwagens) in
mehrjährige Pflanzen und Stauden investiert. Hinterher
habe ich erfahren, dass die örtliche Gärtnerei ob meines Umsatzes ein außerordentliches Betriebsfest gefeiert
hat unter dem Motto: Die hat von Tuten und Blasen

in Sachen Gärtnerei keine Ahnung, die kommt wieder, und das kalte Buffet für die nächste außerordentliche Betriebsfeier kann schon mal vorbestellt werden.

Ausnahmsweise tapfer und hochmotiviert in Sachen Gartenarbeit habe ich mich darangemacht, alles neu zu gestalten.

Der erste Frust war schon mal, dass über Nacht die Hälfte der lieblichen Pflanzen von Schleimspuren hinterlassenden Nacktschnecken bis auf den Stumpf abgefressen waren.

Der zweite Frust: Meine Mutter kam mal wieder zu Besuch! Ich war tagsüber unterwegs, kam abends nach Hause und alle - aber auch alle von mir wohlmeinend eingepflanzten Pflanzen waren ausgerupft und ausgezupft und von meiner Mutter an andere Standorte verbracht worden.

„Kind, ich habe mehr Ahnung als du vom Garteln, so wird das nie was. Ich habe die Pflanzen in deinem Garten an Standorte verbracht, wo die wirklich gedeihen können."

Zusätzlich hatte ich in meinem Garten plötzlich etwas Atemnot. Sie hatte jede Menge Pflanzengift und Unkraut-Vertilger großflächig versprüht, („damit die Pflanzen mal was werden, sonst werden die ja vom Unkraut überwuchert"). Ich sage nur: Glyphosat…!
Die vorsorgliche und ernsthafte Bitte, dass in meinem

Garten keinerlei Gift versprüht werden soll und darf –
man denke auch an meine Katzenkinder. Fehlanzeige.
„Wozu sind diese Mittel denn erfunden worden!?"

Sie gehört definitiv zu der Generation der „Brunnen-
vergifter". Wenn ein sogenanntes Pestizid in der Inhalts-
verschreibung verspricht, dass die nächsten 2000 Jahre
kein Unkraut mehr in einem Garten sprießt, dann wird
das versprüht, ohne Rücksicht auf Verluste.

Das künftige Generationen eventuell aufgrund dieser
hochgiftigen Pflanzenschutzmittel mit zwei Köpfen,
drei Beinen oder vier Lebern zu Welt kommen, ist meiner Mutter direkt wurscht. Sie erlebt das ja eh nicht
mehr. Aber die Pflanzen gedeihen schön...

Immerhin hat meine Mutter einmal einen deftigen, aber
fruchtlosen Denkzettel bekommen:

Es reichte ja nicht, während meiner Abwesenheit un-
erlaubt und unerwünscht Pestizide in meinem Garten
zu versprühen. Oh nein, wir leben ja in einer modernen
Welt.
Da schafft man (= meine Mutter) sich mal ein so unter
Druck stehendes Gerät im Baumarkt an, um dieses Gift
bis in die letzte Ritze verteilen zu können.

Ein solches Gerät hatte mal während ihrer Giftaktionen
(ihres Erachtens nach) vermeintlich seinen Geist aufge-
geben. Es sprühte nicht mehr. Sie hat dann (technisch
nicht ganz so sachkundig) den noch unter Druck ste-

henden Behälter aufgeschraubt, um da mal reinzuschauen, was denn da nicht funktioniert.

Beim Aufschrauben dieses Druckbehälters ist ihr das Pflanzenschutzgift in eines ihrer Augen mit - ich weiß nicht mit wieviel Atü – geschossen. Das hatte zur Folge, dass sie per Notarzt in die Augenklinik nach München gefahren werden musste. Sofortige Notbehandlung und Operation! Nur durch eine künstliche Augenlinse blieb ihr auf diesem Auge das Augenlicht erhalten.

Das war schon ein gehöriger Schock für uns alle!

Für meine Mutter eigentlich nicht. Nachdem mein fürsorglicher Mann diesen Druckbehälter vorsorglich weggeworfen hat, um weitere Notarzteinsätze und Verluste irgendwelcher Augenlichter oder gegebenenfalls irgendwelcher Gliedmaßen zu vermeiden. Da hat meine Mutter umgehend einen neuen Druckbehälter im Gartenmarkt gekauft. Sie hatte es sich ja in den Kopf gesetzt, meinen Garten zu richten.

Die nächsten Jahrzehnte lang hatte ich keinerlei Lust mehr auf irgendwelche Gartenarbeiten. Seit der Europäische Gerichtshof Erbarmen mit mir hatte und meiner Mutter ein Besuchsverbot bei mir erteilt hat, traue ich mich ganz langsam wieder an vorsichtige Gartenversuche.

KAPITEL 10

„Vergessene Kinder und Hunde – die vergisst noch mal ihren Kopf"

„Verwandte eignen sich nicht als Vorbilder,
man kennt sie zu genau"
(Manfred Strahl)

Manchmal ist meine Mutter aber auch allzu schusselig. Sie hat daher bei Eingeweihten den Zusatznamen „Frau Schussel".

Woher der Zusatzname kommt? Ich berichte Ihnen in diesem Kapitel davon.

Wir hatten in meiner Jugend einen Dackel. Bombo. Dackeln sagt man ja so allerhand nach. Bombo allerdings war ein perfekter Vertreter seiner (Dackel-)Zunft. Bombo war ein Sauhund. Denken Sie jetzt nichts Falsches. „Sauhund" ist in Bayern durchaus nicht unbedingt negativ gemeint. Als „Sauhund" bezeichnet man in Bayern Zwei- und Vierbeiner, die recht gewitzt, winkelsinnig oder spitzfindig sind, oder halt nur ganz speziell sind und ihr eigenes Ding durchziehen.

Ich schweife kurz mal ab: Eine bayerische Gemeinde bat in der örtlichen Presse mal darum, dass Hundehalter etwas mehr Steuerehrlichkeit an den Tag legen und Hundesteuer für ihre Hunde bezahlen sollten. Zwei geplagte Ehefrauen schrieben daraufhin die örtliche Gemeinde an. Die eine: „Mein Mann ist ein rechter Windhund, muss ich für den jetzt auch Hundesteuer zahlen?" Die andere „Mein Mann ist ein rechter Sauhund. Ist für ihn Hundesteuer fällig?"

Also, weil Bombo auch so ein Sauhund war, haben wir natürlich brav die Hundesteuer für ihn bezahlt. Diese Steuermarke hängen Sie Ihrem geliebten Köter an sein Halsband, nicht zuletzt, um ihn zu schützen. Zum Beispiel vor Tierfängern, die aus unserem Bombo eventuell einen Halskragen für irgendein Mantelstück gemacht hätten. Bombo allerdings lehnte solche Erkennungsmerkmale ab.

Nach jeweils höchstens zwei Tagen hing diese Steuermarke nicht mehr um seinen Hals. Irgendwie hat er sie immer „verloren". Er war ja etwas winkelsinnig und wollte teilweise nicht erkannt werden, wenn er mal wieder allerhand Unsinn trieb, und vor allem – irgendwelche Treffen mit den Hundedamen des Kaffs – geheim halten wollte.

Wann immer er ein fremdes Grundstück verließ, hat er seine Pfotenspuren ausgewischt, bis er auf neutralem Boden, der Straße, gelandet war. Ein cleverer Hund! Er hatte nur Glück, dass es damals noch keine DNA-Analysen gab.

Bombo, unser Dackel, liebte meine Mutter und folgte ihr auf Schritt und Tritt. Tja, auch der angeblich untrügbare tierische Instinkt kann sich mal täuschen. Bombo hatte definitiv nicht alle „Leckerlies in der Dose". Bei Menschen würde man sagen nicht „alle Tassen im Schrank". Aber – welcher Hund hätte besser zu unserer „Klimbim-Familie" gepasst?

Auf der anderen Seite hatten Bombo und meine Mutter in Sachen „Garteln" ähnliche Charakterzüge. (Sie erinnern sich? Kapitel 9) Wir lebten damals in einem Kaff nahe München.

Wegen nicht so großer Unfall-Überfahren-werden-Gefahr gibt es auf dem Land in aller Regel neben Katzen auch Hundefreigänger mit eigenem Eingangstürchen, ähnlich den Katzenkläppchen. Da können also auch Köter rein und raus wie sie wollen. Bombo gehörte zu dieser Elite mit eigenem Hundekläppchen. Glücklicher Bombo!

Warum ich Parallelen zwischen meiner Mutter und Dackel Bombo benenne?

Bombo war der Anführer der Dorfhundebande. Was sonst, meine Mutter ist ja auch sehr dominant. Die Hunde-Bande unseres Dorfes hat sich täglich zu einem Dorfrundgang verabredet. Das schafften die damals ohne Hundehandys, SMS-Botschaften und ähnlichem modernen Kram, den es ja damals ohnehin nicht gab.

Irgendwie hatte Bombo einen „Gartel-Zwang" entwickelt - oder in seinen Genen. Bei dem täglichen Hunde-Rundgang hat die Hunde-Bande vorzugsweise bei

Hausbesitzern, die im Dorf nicht so beliebt waren, ein-
gepflanzte Tulpen- und Narzissenzwiebeln ausgebuddelt
und dafür jeweils Hundehäufchen in der Buddelgru-
be hinterlassen. Nebenbei hat die Hunde-Bande dann
noch die zum Haus gehörigen Hundedamen – so gerade
möglich - geschwängert, das gab schon so allerhand Är-
ger.

Meine Mutter musste für meinem Bruder nie irgendwelche Unterhaltszahlungen für ungewollten Nachwuchs erbringen, aber für Bombo....

Zweimal hat meine Mutter Bombo einfach „vergessen".

Wieder einmal war Bombo als Beifahrer mit ihr unterwegs. Sie hielt an einer Raststätte. Bombo war auch
rastreif von der längeren Autofahrt, verließ ebenso hoch
erhobenen Hauptes und ein bisschen unbemerkt das
Fahrzeug, um mal eben ein paar Duftmarken zu hinterlassen und frische Luft zu schnappen.

Nach der Rast – wohl erholt – stieg meine Mutter in ihr
Fahrzeug und fuhr weiter. Sie brauchte ca. fünf Auto-
bahnausfahrten, um festzustellen, dass der Dackel nicht
wieder mit eingestiegen war und sich vermutlich nach
wie vor auf dem Rastplatz befand.

Natürlich nahm sie die nächste Ausfahrt, um zurückzu-
fahren und den armen Bombo wieder einzusammeln.
Das dauerte natürlich seine Zeit. Zwischenzeitlich war
die Autobahnpolizei vorsorglich auch von meiner Mut-

ter informiert worden. Jegliche Versuche der Polizei, Bombo einzufangen, damit er den Straßenverkehr in seiner Verzweiflung nicht gefährden würde, waren fehlgeschlagen.

Man (Dackel Bombo) lässt sich ja nicht von irgendjemandem einfangen. Auch nicht von der Autobahnpolizei. Abgesehen davon hasste er Personen mit Uniformen. Auch Briefträger fürchteten ihn sehr.

So führte dieser Vorfall zu einer der ersten Verkehrsdurchsagen damaliger Zeit: „Achtung, Autofahrer: Vorsicht bitte auf der rechten Fahrspur der Autobahn XY! Dort sitzt ein Dackel mit verweinten Augen, der das rechte Pfötchen hochgehoben hat, damit er seinem Frauchen, das ihn auf einem Parkplatz vergessen hat, hinterher trampen kann. Fahren Sie äußerst vorsichtig auf der rechten Spur...und überfahren Sie diesen verzweifelten Dackel nicht."

Als meine Mutter den Parkplatz erreichte, hupte sie einmal, Bombo kam schwanzwedelnd angerannt, hüpfte ins Auto und war überglücklich. Die Verkehrswarnung wurde wieder aufgehoben!

In einem anderen Fall hat meine Mutter den armen Bombo vor einer Boutique vergessen.

In unserem Ort gab es eine Boutique. Meine Mutter war mal wieder bei der Besitzerin zu Besuch, um zu ratschen (=bayerisch für Austausch von überflüssigem und zeitraubendem Gequatsche). Bombo musste angeleint vor der Tür warten, da er die Angewohnheit hatte, in Boutiquen alle Kleiderständer zu markieren, ganz unter dem Motto „Ich bin hier der Chef".

Nach dem ausführlichen Ratsch meiner Mutter mit der Boutiquebesitzerin fuhr sie nach Hause.

Zwei Stunden später kam der Anruf der Boutiquebesitzerin bei meiner Mutter: „Mich haben gerade meine Nachbarn angerufen, da sitzt ein Hund angeleint vor meinem Laden und quietscht fürchterlich, die Nachbarn kommen nicht in den Schlaf!"

Sie (meine Mutter) hatte den armen Bombo mal wieder einfach vergessen.

Natürlich ist sie sofort ausgerückt, um Bombo abzuholen.

Der allerdings hatte seine Notsituation inzwischen hinlänglich ausgenutzt. Er hat ja ob des Vergessens immer wieder gebellt, gequietscht und geweint. Das hörten natürlich auch die anderen Hunde des Dorfes. Solidarisch versammelten sie sich um den armen Bombo in seiner verzweifelten Lage. Da waren allerdings auch einige Hundedamen dabei. Bombo, der Sauhund, nutzte die Situation, um mitleidig an ihm schnüffelnde Hundedamen zu verführen und zu schwängern.

Da dieses ganze Vorkommnis natürlich wieder ganz schnell die Runde in unserem Dorf machte, wussten alle Hündinnen-Besitzer, wem sie den (ungewollten) Nachwuchs zu verdanken hatten.

Meine Mutter musste mal wieder für unzählige Hundewelpen Alimente bezahlen. Es gab für den Rest des Jahres bei uns zu Hause nur noch Kartoffel- und Einbrennsuppe.

Aber auch Kinder hat meine Mutter schon „vergessen".

Mein Cousin Ludwig war mal im Teenageralter bei ihr zu Gast. Das hat meinem Cousin sehr gut gefallen, weil sie war halt etwas anders als andere. Allerdings war meine Mutter gerade mal wieder „auf Diät".

Auf dem Diätplan meiner Mutter war von Frühstück

und Mittagessen nicht die Rede. Irgendwann spätnach-
mittags muss wohl mein Cousin Ludwig vorsichtig an-
gefragt haben: „Liebe Tante, ich will ja eigentlich nix
sagen, aber ich habe schrecklichen Hunger...!" Er war
damals ein recht scheues und schüchternes Kerlchen.
Ihre Antwort: „Ach auweh, ich habe ganz vergessen, dass
du, mein geliebter Neffe, ja nicht auf Diät bist." Und
bereitete ihm sofort ein köstliches Mahl zu. Trotz dieses
traumatischen Erlebnisses in Sachen ‚"Nahrungsaufnahme" ist aus meinem Cousin ein gestandenes Mannsbild
geworden. Er ist in zweiter Ehe sehr langfristig glücklich
verheiratet. Womöglich hat seine erste Angetraute nicht
für ihn gekocht?

Weiter in Sachen „Kinder- und Hundehütung": In
unserem engen Umfeld gab es damals eine recht hefti-
ge Teenager-Liebe und in diesem Fall auch eine Teen-
ager-Kinds-Geburt.

Da hat meine Mutter mal dieses Kind gehütet. An sich
ein sehr freundlicher Akt christlicher Nächstenliebe.
Sie hatte am selben Tag allerdings auch einen Friseur-
termin. Natürlich hat sie das Kind zu diesem Termin
mitgenommen. Würde jeder von uns ja auch so machen.
Nachdem Sie onduliert und frisiert war, ist sie wieder
nach Hause gefahren.
Keine zehn Minuten später ein Anruf von der Inhaberin
des Friseursalons:

„Frau Schussel, Sie haben hier Ihr Kind vergessen!"

„Welches Kind, ich hab' doch kein Kind?!"

„Frau Schussel, Sie haben hier und heute zum Termin ein Kind mitgebracht...!"

„Ach, du lieber Gott, ich sollte ja heute das Baby der Teenager hüten, ich hole es gleich ab."

Eine etwas noch sehr unerfahrene Friseur-Lehrlings-Frau hatte zwischenzeitlich versucht, dem armen, gerade mal einjährigem Kind die Augenbrauen zu korrigieren und hatte zudem dem Baby eine Dauerwelle verpasst. Das Baby greinte arg beim Abholen.

Dann kam irgendwann mal meine bildschöne, gerten-schlanke und blitzgescheite Nichte zur Welt.

Meine Mutter hat sich freudestrahlend angeboten, ab und zu auf dieses Kind aufzupassen. Meine Schwägerin und mein Bruder haben dankend, aber nachhaltig ab-gelehnt. Sie hätten schon für die nächsten 18 Jahre, also bis zur Volljährigkeit des Kindes, lückenlose Vorsorge getroffen, wenn ihr Kind mal beaufsichtigt werden müs-se...

Meine Mutter war daraufhin völlig fassungslos: „Hast du eine Ahnung, warum ich nicht auf meine Enkelin aufpassen soll...?"

KAPITEL 11

„Please do me no favour –
bitte tu mir keinen Gefallen!"

Obiger Spruch kommt meines Wissens ursprünglich aus dem Englischen und ist eine wunderbare Aussage. Frei übersetzt: Bitte tu mir keinen Gefallen! Ich ergänze, um den ich dich nicht gebeten habe.

Meine Mutter ist gegen eine solche Aussage völlig resistent. (Sie wundern sich nicht mehr wirklich, oder?) Letzten Endes will sie einem mit ihren „Geschenken und Gefälligkeiten" nicht wirklich etwas Gutes tun, über das man sich freut. Es geht eigentlich nur darum, dass sie ihren Willen durchsetzt. Und dass sie in meinem Haushalt ihre „Duftnoten setzt".

Es gibt Freunde und Verwandte, die mir teilweise sehr schöne Geschenke mitbringen. Meine Mutter bringt Geschenke mit, die man sich nach hundertfacher Ansage ausdrücklich nicht gewünscht hat.

Sie aber (meine Mutter) bringt diese Geschenke mit der zwingenden Verpflichtung mit, ihr bis ans Lebensende dankbar dafür zu sein und diese Mitbringsel auch nach ihrem Willen sofort und freudestrahlend zu benutzen.

Eine (von ca. 593 Geschichten): In meinem Haushalt befindet sich Silberbesteck. Sogar mit den Initialen der Großeltern und der Eltern meines Mannes. Ich habe also keinerlei Bedarf, weiteres Besteck hinzuzukaufen. Außerdem hängen an meinem Silberbesteck ja auch familiäre Erinnerungen. Außerdem schmückt dieses Besteck meinen Esstisch ganz vorzüglich.

Seit ca. 30 Jahren versucht meine Mutter immer wieder, mich davon zu überzeugen, dass es grässlich sei, mit Silberbesteck zu essen. Warum eigentlich? Wenn man nicht mit dem sogenannten „goldenen Löffel im Maul geboren wurde" (= Redewendung für Kinder reicher Eltern) ist es doch was wert, wenn man in späteren Jahren wenigstens von silbernen Löffeln essen kann.

Aber nein, meine Mutter hasst es, mit Silberbesteck zu essen. „Soll ich dir nicht doch mal einen ordentlichen Satz Besteck aus Edelstahl beim nächsten Besuch mitbringen? Silberbesteck läuft doch immer wieder an und verursacht viel Arbeit, um es immer wieder aufzupolieren."

„Nein, Mutter, bitte nicht, ich hänge an diesem Besteck, da hängen doch auch familiäre Erinnerungen meines Mannes dran…"

Nächster Versuch:
„Unser Haushaltswarengeschäft schließt, da gibt es jetzt Edelstahlbesteck zu Wahnsinns-Sonderpreisen."
„Nein Mutter, du weißt ja, mir gefällt mein Silberbesteck und es hängen doch auch familiäre Erinnerungen…"

„Papperlapapp, die Initialen auf dem Silberbesteck sind doch nicht von unseren Vorfahren." Fassungsloses Schweigen meinerseits, denn ich fühlte mich meinem Mann sehr anverwandt.

„Kind, ich lese gerade, dass es sehr ungesund sein soll, vom Silberbesteck zu essen."

„Ist mir egal, Mutter, wir nehmen so viele Umwelt-gifte zu uns, da wird mich ein bisschen Silberabrieb nicht ins Grab bringen. Überlege mal, welche Mengen Unkraut-Gift du schon in meinem Garten versprüht hast…"

So oder so ähnlich liefen über 30 Jahre die Versuche meiner Mutter in Sachen „Austausch Silber- gegen Edelstahlbesteck" ab.

Beim letzten Besuch (vor dem gerichtlichem Besuchsverbot des Europäischen Gerichtshofs) hat sie mir freudestrahlend einen sehr umfangreichen Satz Edelstahl-Besteck mitgebracht.

„War spottbillig, da es aus einer Haushaltsauflösung stammt. Ist nagelneu, wurde nie benutzt. Und – siehst du, das Besteck befindet sich in einer wunderschönen und vorzeigbaren Schatulle. Da hast du endlich mal ein ordentliches Besteck. Gell, da freust du dich, gell, dass du endlich mal ein ordentliches Besteck hast."

„MUTTER, ICH WILL KEIN EDELSTAHLBESTECK!!!"

„Kind, warum schreist du mich denn so an?"

Und was war ich wieder? Das undankbare Kind!

„Ich habe es doch nur gut gemeint! Es soll ja so ungesund sein, von angelaufenen Silberbesteck zu essen."

Ein weiteres Beispiel:
„Ich habe deinem Mann doch mal einen Handtuchabroller für seine Werkstatt mitgebracht. Warum benutzt der den denn nicht!?"

„Mutter, vielleicht läuft ja unsere Ehe so gut, weil ich mich niemals (!) in seine Werkstatt eingemischt habe und er sich niemals in Haushalt, Garten und meine Jobs eingemischt hat?"

„Du weißt ja immer alles besser, wirst schon noch sehen, was du davon hast...!"

KAPITEL 12

„Meine Mutter als Schwiegermutter"

Je entfernter ein Verwandter ist, desto besser und entspannter kann man in aller Regel mit ihm umgehen. Sind solche Verwandte auch noch angeheiratet, stehen die Chancen für ein entspanntes Verhältnis ganz gut. Es liegt wohl in der Ähnlichkeit der Gene, dass einen meist nur Blutsverwandte wahnsinnig machen.

Na gut, man hört ja auch so allerhand von Schwiegermüttern. Aber in diesem Buch geht es ja primär um meine eigene Mutter.

Mein Mann konnte also folgerichtig recht entspannt mit meiner Mutter umgehen, denn sie fummelte ja hauptsächlich ungefragt („Kind, ich meine es ja nur gut!") in meinem Haushalt und Garten herum. Er befand sich ja meist zwei Stockwerke tiefer in seiner heißgeliebten Oldtimer-Werkstatt, also irgendwie von ihrem Treiben weit genug entfernt, um genervt zu werden.

Meine Mutter hatte vor meinem Mann auch weitaus mehr Respekt als vor mir.

Aber: Eines schönen Tages traute sich meine Mutter und stattete meinem Mann einen Besuch in seiner Werkstatt ab.

Etwas beunruhigt beobachtete er ihre kritischen Blicke quer durch sein Oldtimer-Paradies. Leicht alarmiert hörte er ihre Vorschläge, wie und wo er unteren anderem Kabel-Trommeln und Schlauch-Trommeln an die Wand montieren könne, um mehr Ordnung zu schaffen.

Bei dem Vorschlag meiner Mutter, sie würde sich beim nächsten Besuch gerne mal anbieten, seine Werkzeugkästen und Ersatzteile zu sortieren, beobachtete ich, dass sich die nackte Panik in seine Augen schlich. Anschließend hatte er Angstschweiß auf seiner Stirn, der über seine Augen quer durch sein Gesicht floss. Ein wenig schadenfroh war ich schon. Erstmals hatte er anscheinend annähernd kapiert, was ich ein Leben lang durchgemacht habe.

Er handelte umgehend! Bereits am nächsten Tag ließ er das Fenster in seiner Werkstatttüre durch Panzerglas austauschen. Er montierte in Werkstattnähe diverse Bewegungsmelder mit schrillem Heulton. Auch eine Selbstschuss-Anlage ließ er montieren. Das Schloss seiner Werkstatt wechselte er durch einen Computerzugang mit entsprechendem Codewort aus.

Aktuell kennen nur ich und der Bundesverfassungsschutz diesen Code, und so soll es vorsichtshalber auch bleiben.

Sollte ich mal das Zeitliche segnen, hat der Bundesverfassungsschutz das Recht und die Pflicht, meinen Erben das Codewort zu übermitteln. Meine Erben sind meine Nichte, meine Schwägerin...und natürlich meine Katzen, nicht meine Mutter!

Natürlich werde ich demnächst mal mit Edward Snowden* in Verbindung treten und ihn fragen, ob beim Bundesverfassungsschutz das Codewort auch wirklich sicher vor meiner Mutter, der NSA oder dem amerikanischen Geheimdienst geschützt ist.

* Sog. „Whistle Blower"
= Menschen, die Missstände öffentlich machen

KAPITEL 13

„Meine Nichte und Mutters Schrankwand-Traum"

Meine Nichte, in meinen Augen die schönste und gescheiteste junge Damen von allen, hatte schon auch so allerhand Mühe mit meiner Mutter. Das Kind hatte schon im zarten Babyalter eine recht ausgeprägte Persönlichkeit und wusste genau was es wollte – oder auch nicht.

Sie war noch ein plappernder Säugling, da beugte sich meine Mutter über ihre Wiege:

„Dududu, hier ist deine Omama, du schmeisselest ja immer Deinen Didi und Dein Schnuffelhasili auf den Boden... Omi kauft dir Schrankwandi mit viele Schubladeli und Rausklapp-Betti. Da hatt du viel Platzili für Diddi und Hasili..."

Auch wenn meine Nichte in diesem zarten Brabbel-Alter noch nicht alles verstanden haben kann, muss das Kind irgendwie instinktiv die ernsthafte Bedrohung in dem Wort „Schrankwand" für ihr künftiges Leben erfasst haben.

Mit großen schwarzen Kulleraugen guckte also meine Nichte meine Mutter aus ihrer Wiege an und brach sofort in ein fürchterliches Geplärre aus.
„Rabäääääh!"

Das Kind war eine geschlagene Stunde lang nicht mehr zu beruhigen.

Im Vorschulalter startete meine Mutter einen neuen Versuch:

„Komm, wir ziehen mal eben los, um dir eine Schrankwand mit einem herausklappbaren Bett zu kaufen. Da hast du dann in deinem Kinderzimmer viel mehr Platz. Außerdem kannst du in den vielen Regalen und Schubladen der Schrankwand deinen Kindergartenkrempel und deine Spielsachen unterbringen. Hier sieht es ja aus wie Kraut und Rüben!"

„Omi, ich mag keine Schrankwand, mir gefällt mein Kinderzimmer, wie es ist!"
„Bist du ein eigensinniges Kind, vom wem hast du das nur?"

Nächster Versuch: Schulzeit!

„In einer Schrankwand kannst du deine Schulbücher, deinen Schulranzen und deine Turnsachen prima unterbringen, da musst du nicht jeden Tag stundenlang herumsuchen..."

„Oma, ich suche nicht jeden Tag stundenlang herum. Außerdem mag ich keine Schrankwand!"

„Wenn man seiner Enkelin schon mal was Gutes tun will, ich würde die Schrankwand doch auch bezahlen...."

Erneute Versuche während des Studiums:

„Komm, wir flitzen mal eben zum Möbelhaus, um dir eine Schrankwand mit einem herausklappbaren Bett zu kaufen. Ist ja allerhand, was Studenten heutzutage an Unmengen von Büchern brauchen, die kannst du in den Regalen der Schrankwand dann prima unterbringen".

„Liebe Oma, ich bin inzwischen volljährig, ich entscheide längst selbst, wie ich mein Zimmer gestalte. Und eine Schrankwand gehört nicht dazu."
Den vorerst (letzten?) Versuch startete meine Mutter, als meine Nichte Pläne für ihre erste eigene Wohnung hatte:

„Als Berufsanfängerin kannst du dir ja sicher nur eine recht kleine Wohnung leisten. Da wäre eine Schrankwand doch recht platzsparend."

„OMA! ICH WILL KEINE SCHRANKWAND. ICH WOLLTE NOCH NIE EINE SCHRANKKWAND, UND ICH WERDE AUCH NIE EINE SCHRANK-WAND HABEN WOLLEN!!!

Wenn ich das Wort "Schrankwand" nur höre, bekomme ich umgehend nervösen Ausschlag.

Antwort meiner Mutter:

„Wie und vor allen in welchem Ton sprichst Du denn mit deiner Großmutter? Kinder haben heutzutage ja keinerlei Achtung mehr vor dem Alter! Außerdem warst du ja schon als Kleinkind eigensinnig und starrköpfig. Wahrscheinlich hast du einen Großteil deiner Gene von meiner Tochter, deiner Tante, die ist auch so undank-bar!"

Meine Nichte ist nicht nur bildschön, sondern auch blitzgescheit. Nach einem „Einser-Abitur" ist sie schon eine Weile in Lohn und Brot in der freien Wirtschaft. Sie hat, trotz ihrer jungen Jahre, einen Job inne, der außerordentlich hoch dotiert ist.
Meiner Mutter bedeutet das alles nicht wirklich viel. Das undankbare Gör hat ja immer wieder ihre selbstlose Wohltat, besagte Schrankwand, abgelehnt.

Immerhin hat sich meine Nichte bisher ohne thera-
peutische Hilfe aus dem „Schrankwand-Drama" rausgestrampelt.
Allerdings: Wenn meine Nichte und ich so ab und an
mal in Möbelhäusern herumstreunen, weicht sie vor jeder Schrankwand ein wenig zurück.

Hat eine solche Schrankwand auch noch ein ausklapp-
bares Bett, bemerke ich sogar Anflüge von leichten Pa-
nikattacken bei meiner Nichte. (Noch) steckt sie das
Ganze mal eben so weg. Tapferes Mädchen!

KAPITEL 14

„Alle Oldtimer sind Schrott!"

Wenn meine Mutter einmal Erfahrungen oder eine Meinung zu einem Thema hat, dann bleibt das so. Unverrückbar, unbelehrbar und jenseits irgendwelcher Argumente.

Der Großvater meines Mannes hatte eine Motoren- und Traktorenfabrik in einer schönen, herzlichen und bayerischen Großstadt gegründet. Der Vater meines Mannes war in den 20er und 30er Jahren ein populärer Motorradrennfahrer und Flieger. Er hat unter anderem sogar dem Schauspieler Heinz Rühmann das Fliegen beigebracht! Rühmann war ja bis in das hohe Alter ein passionierter Flieger. Das sind doch durchaus Tatsachen, auf die man stolz sein kann.

Außerdem war seine Mutter eine begeisterte Automobilistin. Mein Mann ist also mit „Benzin in der Muttermilch" groß geworden.

Wenn man sich als Frau ein solches Exemplar angeln kann, ist man durchaus im Vorteil. Ein solcher Mann guckt eher nach „altem Eisen" als nach jungen Frauen.

Das wissen so manche andere Oldtimer-Ehefrauen auch. Wir hatten mal Besuch eines sächsischen Ehepaars. Auch dieser Mann hatte sich der Leidenschaft

„Oldtimer sammeln, an denen basteln und in aller Regel mit gutem Gewinn weiterverkaufen" verschrieben.

Die Ehefrau und ich verstanden uns auf Anhieb blendend! Auch sie hatte längst erkannt: „Nu, och mein Mann liegt lieber unter alten Autos drunter als auf jungen Frauen druff." Recht hatte sie!

Solche Oldtimer-Freak-Ehemänner sind weg von der Straße und kommen nicht auf dumme Gedanken.

Mein Mann und ich sind vor allem von der Großstadt aufs Land gezogen, da hier in einer Halle Platz für seine doch sehr stattliche Oldtimer-Sammlung von über 100 Fahrzeugen jeglicher Art vorhanden war.

Angrenzend an diese Halle befindet sich unser Wohnraum im 2. Stock. Zwischen Schlafzimmern und Wohnräumen geht man an ca. sieben Autos und ca. fünf Motorrädern vorbei, die restlichen Oldtimer stehen immer noch in einem Teil der Halle. Das Ganze ist schon eine etwas ungewöhnlich Art des Wohnens, zugegeben. Besucher in unseren Gebäuden waren meist voller Begeisterung. Viele Besucher-(Männer) meinten: „So möchte ich auch wohnen, aber meine Ehefrau würde es nicht wirklich dulden, dass zwischen Schlafzimmer und Speisekammer Oldtimer rumstehen würden, geschweige denn im Wohnzimmer."

Ich jedoch fand und finde das absolut klasse!

Ich habe die 25 Jahre an der Seite meines Mannes seine Leidenschaft für Oldtimer von ganzem Herzen geteilt.

Allerdings, für meine Mutter sind alle Oldtimer einfach nur alte „Schrottkarren". Sie, Jahrgang 1936, hatte für damalige Verhältnisse frühzeitig den Führerschein erworben und entsprechende Fahrzeuge aus dieser Zeit gefahren.

„Mit diesen alten Karren war alles Mist, die hatten oftmals noch nicht mal eine Heizung. Im Winter ist man fast erfroren und hatte immer ein Salzsäckchen im Innenraum zur Hand. Damit musste man die Windschutzscheibe von innen immer wieder wischen, damit man überhaupt rausgucken konnte."

Das es sich bei der Oldtimer-Sammlung meines Mannes teilweise um „absolute Raritäten mit Museumscharakter" handelt, ist ihr direkt wurscht.

Ich war auch immer sehr stolz darauf, dass mein Mann wegen seiner Sammlung und wegen seines Sach- und Fachverstandes in Sachen Oldtimer weit über die Grenzen Deutschlands hinaus bekannt und anerkannt war.
Mutter war allerdings von Anfang an der Meinung, ich hätte mir doch besser einen Mann mit einem anständigen Beruf angeln sollen. So mit Festanstellung und so weiter.

„Kind, da bekommst du im Zweifelsfall mal eine anständige Witwenrente...!"

„Mutter, die Witwenrente ist mir herzlich egal, ich will meinen Mann genau so, wie er ist!"

KAPITEL 15

„Mein (Alb)-Traum vom Lotto-Jackpot"

Wenn Sie ein Einfamilienhaus Ihr Eigen nennen können, wissen Sie eines ganz genau: In Sachen Reparatur und Instandhaltung hören Sie hinten auf und fangen vorn wieder an.

Bei meinem Eigen handelt es sich ja nun mal um eine Art Industriegrundstück mit großer Halle, großem Hof, eigener Zufahrtsstraße und mehreren Werkstätten. Neben ungezählten Stau- und Aufbewahrungsräumen gibt es einen Garten und diverse Wohn- und Schlafräume.

Das alles können Sie beim besten Willen gar nicht so fein in Schuss halten wie ein kleineres Häuschen. Es sei denn, Sie können sich mindestens drei festangestellte Gärtner und Hausmeister leisten. Außerdem, man will ja auch leben und die Freizeit für solche Dinge wie Biergartenbesuche oder auch Oldtimer-Treffen nutzen.

Außerdem ist es mir relativ egal, wenn bei mir nicht alles wie geleckt und geschleckt aussieht. Ich bin doch kein Schloss-Hotel!

Kennen Sie das auch? Manchmal folgt man irgendwelchen Einladungen und landet in Haushalten, die so aufgeräumt und sauber sind, dass man meint, sich in sterilen Operationssälen zu befinden.

In solchen Haushalten fürchtet man sich vor jeder Bewegung: Man könnte ja ein Haar oder ein Hautschüppchen verlieren und diesen lupenrein sauberen Haushalt damit verschmutzen und verwahrlosen.

Ich stelle solche Ansprüche für meinen Haushalt nicht annähernd! Ich will hier leben und fröhlich sein und viele Gäste in entspannter Atmosphäre empfangen.

Nun träumte ich eines Nachts, dass Fortuna ihr Glückshorn über mich ausschüttetet hatte. In meinem Traum gewann ich den Lotto-Jackpot in bedeutender Millionenhöhe!

Nun hatte ich die finanziellen Mittel, es meiner Mutter endlich mal zu beweisen.

Ich investierte 50 % dieses Gewinns in Haushalt und Gebäude.

Die Zufahrtsstraße ließ ich in eine Auffahrts-Allee mit altem Baumbestand umwandeln.

Den Hof vor der Halle ließ ich mit feinstem Marmor aus Italien pflastern.

Die Hallen- als auch die Wohngebäudefassade ließ ich von einem Künstler mit Weltruf neu an- und bemalen. Meine Fassaden sollten demnächst in die Liste des „Weltkulturerbes" aufgenommen werden.

Ich ersetzte sämtliche alten Fenster durch Fenster aus Bleikristallglas.

Die Griffe sämtlicher Ein- und Ausgangstüren ließ ich vergolden.

Mein Garten war von Profis so schön neu gestaltet worden, dass es bereits Anfragen gab, ob man denn nicht bei mir die nächste Bundesgartenschau abhalten könne.

Ich durchbrach das Besuchsverbot des Europäischen Gerichtshofs durch eine einmalige Einladung an meine Mutter. Ich musste ihr doch unbedingt zeigen, welche Fortschritte Haus und Hof inzwischen gemacht hatten.

Als meine Mutter im Hof vorfuhr, ging ich freudestrahlend hinab, um sie zu begrüßen.

Verwundert nahm ich wahr, dass sie mir, leicht gramgebeugt und mit ernster Miene entgegentrat. Was war denn nur passiert?

Da sah ich aus den Augenwinkeln, dass sich zwischen zwei Marmorplatten auf dem Hof ein aberwitziger Löwenzahn über Nacht emporgeschlängelt hatte. Auf eine andere Marmorplatte hatte der Frühlingswind zwei Laubblättchen vom letzten Herbst geweht.

Meine Mutter meinte nur vorwurfsvoll: „Ach, Kind, wie sieht es denn bei dir wieder aus?!"

„Ach, Mutter!"

Da erwachte ich angstschweißgebadet. Gott sei Dank,
nur ein Traum, ufff!

Ich habe nie wieder einen Lottozettel ausgefüllt.

KAPITEL 16

„Mutters Essverhalten. Oder: Ich nehme,
was ich kriegen kann"

Essen und Trinken hält Leib und Seele zusammen

So wenig Privatsphäre meine Mutter für sich beansprucht und anderen eingesteht, hält sie es auch mit ihrer Nahrungsaufnahme.

Meine Nichte war in frühester Kindheit ein denkbar schlechter Esser. Das Leben war ja so aufregend und spannend, vor allem an der Seite unserer „Klimbim-Familie", da empfand sie Nahrungsaufnahme wohl irgendwie als nebensächlich.

Sie aß halt wenig, aber wohl genug, denn sie war gertenschlank und pumperl gesund. Sie saß mal wieder bei mir zu Hause stundenlang vor einem Leberwurschtbrot und wollte nicht essen.

Da begab es sich, dass meine Mutter anrückte. Sie betrat mein Bauernzimmer, sah das Leberwurschtbrot meiner Nichte und hat sofort zugelangt.

„Oi fein, ein Leberwurschtbrot." Gesagt, getan. Sie hat meiner Nichte umgehend das Leberwurschtbrot vom Teller gerissen und aufgemampft.

Auf die Frage meiner Nichte (instinktiver „Futterneid"?),

ob sie nicht wenigstens von ihrem Leberwurschtbrot noch einmal abbeißen könne, meinte meine Mutter nur, dass „das unhygienisch sei".

Seitdem war meine Nichte in Sachen „Nahrungsaufnahme" etwas anders drauf. Wenn sie mal wieder zögerlich gespeist hat, mussten wir nur beiläufig erwähnen, dass Oma Schussel am Anrücken sei.

Also, Kind, nimm zu dir, was du kriegen kannst, sonst mampft dir die Oma alles wieder weg.

Dank dieses Tricks nimmt meine Nichte seitdem die ihr zugedachten Speisen mit gutem Appetit und zeitnah zu sich.

Aber: Sie neigt seitdem dazu, kleine Überlebens-Fresspakete in wohl gehüteten Geheimverstecken zu deponieren, wenn Schussel-Oma angesagt ist, man weiß ja nie.

Mutter isst teilweise auch sehr unbewusst. Bereits beim Frühstück muss politisiert werden, man (sie) regt sich massiv über Dinge auf, die sie eh nicht ändern kann. Sie erzählt Geschichten von Leuten, die man nicht kennt oder die einen nicht interessieren und das zum hundertsten Mal.

Siehe Kapitel 1:
„Das Mutter-Tochter Telefonat".
Während all dieses überflüssigen Redeflusses langt sie so

nebenbei kräftig am Frühstückstisch oder bei anderen Mahlzeiten zu. Wenn sie sich mal eine Pause zum Atem holen gönnt, überlegt sie dann oft laut:" Habe ich denn schon was gegessen...?"

„Ja, Mutter, schon fünf Stück Brot mit üppigem Belag!"

Ich esse ja auch oft ein wenig nebenbei, aber mir ist immerhin klar, dass ich gerade etwas esse.

So führte Mutters Essverhalten natürlich auch mal zur Erkenntnis: „Man könnte ja mal ein paar Kilo abnehmen."

Die bereits erwähnte sehr liebe, gemeinsame Freundin, nennen wir sie hier und im Folgenden Annegret, hatte entweder per Anzeige oder per Mundpropaganda von einem privaten Abnehminstitut gehört. Motto: „Schlank werden ohne Anstrengungen und Diät!"

Na, das war doch was! Also sind die beiden Damen in diesem Schlank-Institut vorstellig geworden. Natürlich hat man dort mit den blumigsten Worten beschrieben, dass man nur durch eine Mitgliedschaft quasi in einen Jung- und Schlank-Brunnen getaucht wird.

Erfreut unterschrieben beide Damen einen langfristigen Vertrag für recht teures Geld.

Sofort nach der Unterschrift händigte man den beiden künftigen „Mager-Models" einen strengen Bewegungs-

und Diätplan aus. Uffff!

Trotzdem voll des guten Willens probierten die Abspeckwilligen den Diätplan aus. Voller Elan und Motivation: Wem könnte man denn demnächst seine Klamotten schenken oder verkaufen? In äußerst absehbarer Zeit würde die eigene Kleidung ja nur so an einem herunterhängen, Hosen und Röcke könnten mit keinem Gürtel mehr zu halten sein.

Im ersten Rezept für das Abendessen stand im Plan „Wiener Würstchen mit Kartoffeln und Ei." Hmmm, lecker!

Allerdings sollte man nur „ein halbes Wienerchen, eine halbe Kartoffel und ein halbes, hartgekochtes Ei" zu sich nehmen.

Wie bitte?

Da war meine Mutter echt klasse, ja wirklich: Sie schnappte sich wutentbrannt unsere gemeinsame Freundin Annegret und fuhr mit ihr zum Schlank-Institut samt Diätplan in der Hand. Am Empfang machte sie dann richtig Rabatz. Wohl sah sie aus den Augenwinkeln, dass im Umfeld andere Kunden, aber auch Interessenten (!) vorhanden waren.

Sie brüllte fürchterlich: Von wegen ohne Anstrengungen und Diät! Das Abendessen soll ein halbes Wienerle, eine halbe Kartoffel und ein halbes Ei sein. „Ich bin alleinstehend, haben Sie mal ein halbes Wienerle, ein halbes Ei oder eine halbe Kartoffel gekocht?! Wie soll denn das gehen?"

Die Schlank-Institut-Leitung hat den Vertrag der beiden umgehend storniert. „Geht doch!" meinte sie zu unserer gemeinsamen Freundin Annegret. Manchmal ist Mutters resolute Art für die eine oder andere Angelegenheit außerhalb meines persönlichen Bereiches durchaus eine Bereicherung.

KAPITEL 17

„Was mir nicht schmeckt, kann anderen doch auch nicht schmecken!"

Hier ergänze ich das vorstehende Kapitel.

Was meiner Mutter schmeckt, das schmeckt ihr nun mal. Wenn jemand einen anderen Geschmackssinn oder Essensvorlieben oder gar Nahrungsmittelallergien oder Nahrungsunverträglichkeiten hat, macht sie das etwas fassungslos und teilweise auch mitleidig.

„Die bilden sich das alles ein, das gab es in meiner Jugend nicht, und ich vertrage ja auch alles."

„Ja, Mutter, ein Hausschwein verträgt auch alles", warf ich in Gedanken grinsend ein.

In meinem sehr engen und liebenswerten Umfeld befindet sich seit 30 Jahren auch ein gewisser Henry.

Henry ist die Seele eines Menschen, aufopfernd, hilfreich, fürsorglich und ein wirklich guter Freund.

Da begab es sich, dass wir (etwa 10 Personen aus dem Freundes- und Familienkreis) sieben Tage Urlaub in einer kleinen, aber feinen italienischen Pension verbracht haben. So ungefähr: Mein Mann und ich, meine Schwägerin und mein Bruder, Onkel Rübezahl und meine Mutter, meine Nichte und einige ihrer Teenager-Freundinnen und und und.

Um die ewige Diskussion „Wo essen wir denn heute Mittag und heute Abend?" zu umgehen, haben wir Vollpension gebucht, um eben diese nervigen Diskussionen zu vermeiden.

Im Speiseraum des Mittags- bzw. Abendtisches der kleinen, aber feinen Pension befand sich jeweils ein phantastisch umfangreiches und erntefrisches Salatbuffet.

Auch mein guter Freund Henry hat hier immer kräftig zugelangt. Allerdings hat er eine ausgewachsene und lebensbedrohliche Allergie gegen rohe Zwiebeln.

Bereits bei der ersten gemeinsamen Mahlzeit beobachtete meine Mutter stirnrunzelnd, kopfschüttelnd und verständnislos, dass sich mein guter Freund Henry einen Salat ohne rohe Zwiebeln geholt hatte und meinte fürsorglich: „Du hast ja keine rohen Zwiebeln auf deinem Salat, das schmeckt doch nicht, soll ich dir welche holen?"

Darauf mein guter Freund: „Danke, aber danke nein, ich habe eine lebensbedrohliche Allergie gegen rohe Zwiebeln."

„Ach, du Ärmster, ein Salat ohne Zwiebeln schmeckt doch nicht!"

Am nächsten Mittagstisch: „Henry, soll ich dir nicht

doch mal ein paar rohe Zwiebeln holen, vielleicht hast du deine lebensbedrohliche Allergie ja inzwischen überwunden und weißt es gar nicht. Probier es doch mal, rohe Zwiebeln sind ja soooo gesund!"

„Nein", meinte mein guter Freund Henry, „ich habe mein Notfallset gegen lebensbedrohliche, anaphylaktische Allergieschocks nicht mitgenommen. Ich werde einen Teufel tun, mein so schönes Leben wegen ein paar roher Zwiebeln zu riskieren. Außerdem bekomme ich in

ca. 30 Jahren eine hoffentlich noch feine, stattliche Rente, die möchte ich noch er- und vor allem verleben, bevor der deutsche Staat meine schöne Rente für irgendwelchen Unsinn ausgibt."

Mutter bei der nächsten gemeinsamen Mahlzeit: „Ich

habe mal im Fernsehen einen medizinischen Beitrag gesehen. Da wurde abgehandelt, dass man manchmal nur im frühkindlichen oder später im Teenager-Alter gewisse Allergien hat. Bei Erwachsenen gibt sich das manchmal von selbst. Soll ich dir für deinen Salat nicht doch ein Schälchen Zwiebeln mitbringen, einen Versuch wäre es doch wert, da würde dir endlich mal ein Salat so richtig schmecken. "

Da riss meinem duldsamen Freund Henry, die Seele eines Menschen, aufopfernd, hilfreich, fürsorglich und ein wirklich guter Freund, endgültig die Hutschnur:

Er stand auf, schlug sich wie dereinst Tarzan auf die Brust und brüllte: „Ich mag keine rohen Zwiebeln, ich will keine rohen Zwiebeln und ich vertrage keine rohen Zwiebeln!!!!"

Er brüllte so laut, dass im Speisezimmer alle anderen Gäste Ihre Nahrungsaufnahme sofort entsetzt und verunsichert unterbrochen haben.

Die anderen Gäste der Pension, die einen Mittagsschlaf einer Mittagsmahlzeit vorgezogen hatten, stürzten alarmiert aus ihren Zimmern und versammelten sich besorgt im Foyer.

Die Pensionsgäste, die sich noch am Strand befanden, waren auch etwas beunruhigt und kamen angerannt, um sich besorgt zu erkundigen, ob irgendwelcher Katastrophenalarm angesagt war.

Die Pensionswirtin konnte alle beruhigen: „Weder der Katastrophenschutz, noch das Technische Hilfswerk oder die Polizia Municipale sind am Anrücken. Auch sind wir von keiner Mafiabande umzingelt. Da ist gerade nur ein Gast ausgeflippt, weil er keine rohen Zwiebeln auf seinem Salat haben will. Entwarnung, liebe Gäste, es kommt weder ein Erdbeben noch eine Monsterwelle auf uns zu. Es besteht keinerlei Gefahr für Leib und Leben!"

So weit zum Italien-Urlaub und der einfühlsamen Art meiner Mutter, von der niemand verschont bleibt.

KAPITEL 18

„Oldtimer-Fundus. Oder:
Wir haben nur intakte Zweisitzer."

Mein Mann hat an der Seite unserer Familie schnell –
aber ganz schnell - gelernt! Er hatte sich eine sehr subtile
und höfliche Art angewöhnt, irgendwelchen fürsorglich
verpackten Anfeindungen auszuweichen.

Immerhin hat er bereits im ersten Jahr des Kennenler-
nens meiner Familie seinen eigenen Überlebensweg gesucht – und gefunden. Na ja, so ab und zu mal hatte er
die Anwandlung, mit seinem Schicksal zu hadern: „Wo
bin ich da nur reingetappt? Ich habe erfolgreich meine
gesamte Familie unter die Erde gebracht. Und was habe
ich nun am Hals? Deine Familie!"

Wie berichtet konnte er aber trotzdem weitaus entspannter mit meiner Familie, vor allem mit meiner
Mutter, umgehen als ich.

Er hat zum Beispiel in Sachen „Oldtimer-Familien-Aus-
flug" auf sehr winkelsinnige Art für sich (aber auch für
mich!) Vorsorge getroffen.

Ob der ansehnlichen Oldtimer-Sammlung meines
Mannes meinte meine Familie (ja, auch mein Onkel
Rübezahl war wieder mal zu Besuch): „Whow, da hast
du ja allerhand Oldtimer mit insgesamt vielen Sitzmög-
lichkeiten, da könnte man mal einen feinen Familien-

ausflug machen...!"

Meines Mannes Antwort: „Die laufen momentan alle nicht..."

Ich habe meinen Mann künftig nur sanft und wissend lächeln sehen, wenn bei künftigen Familienbesuchen mal wieder die Idee im Raum stand, mit einem seiner Oldtimer einen Familienausflug zu planen. Verräter! Er hat sich auf die Technik rausgeredet.

Komisch, mein Mann hatte bei Besuchen meiner Familie immer wieder technische Schwierigkeiten mit seinen geliebten Oldtimern.

Bei den Vorschlägen zu irgendwelchen Familienausflügen musste er immer heftig bedauern: „Der 7-Sitzer hat leider gerade massive Standschäden." Beim Packard Baujahr 1939 (fünf zugelassene Sitze!) war gerade die Schwimmernadel durch das verdammte, neumodische Benzin verharzt. „Ich bring den alten Karren beim besten Willen nicht zum Laufen."

Auch beim gemeinsamen Italien-Urlaub hatten wir uns dazu entschlossen, unseren Smart (2-Sitzer) zu fahren. Täglich haben wir - zu zweit - schöne Tagesausflüge unternommen.

Am dritten Tag fragte meine Mutter: „Warum nehmt ihr mich eigentlich nie zu euren Ausflügen mit?"

Daraufhin meinte mein Mann sanft und voll hämischen Bedauerns lächelnd: „Liebe Schwiegermutter, wir haben bei der Wahl unseres Urlaubsautos leider nicht bedacht, dass es sich bei dem Smart nur um einen Zweisitzer handelt. Wir würden dich rasend gerne zu unseren Ausflügen mitnehmen, aber wie soll denn das gehen? Sollen wir dich aufs Dach schnallen?"

Mein lieber Mann, ICH habe dich von Anfang an durchschaut. Du warst ein sehr gescheiter Mann!

KAPITEL 19

„Weitere Geschichten zur Schusseligkeit meiner Mutter"

Jeder von uns ist mal nicht so ganz bei der Sache und damit etwas schusselig. Ich auch! Sie doch auch?! Oder? Seien Sie ehrlich!

Nun aber noch mal zurück zur Schusseligkeit meiner Mutter. Neben den teilweise bereits berichteten Geschichten, die einem „ans Eingemachte" gehen können, hat meine Mutter so allerhand Unsinn angestellt, über den wir (auch sie!) bis heute herzlich lachen können.

So begab es sich einmal, dass meine Mutter und ich beim Skifahren waren. Damals (heute noch?) waren sogenannte Ski-Overalls sehr „in". Es gibt nichts Blöderes als Overalls. Sie müssen sich zum Verrichten eines Toilettengangs komplett nackt ausziehen, und die Ärmel dieses fragwürdigen Kleidungsstückes baumeln so irgendwie runter, im Zweifelsfall auf den Boden. Blöde Overalls!

Man soll ja der Gesundheit zuliebe viel Flüssigkeit zu sich nehmen. Diese Flüssigkeit sucht sich aber auch wieder einen Weg nach draußen.

Nicht zuletzt deshalb erweisen sich beim Skifahren diese Overalls als besonders unbequem. Man kann sich nicht mal eben am Rande der Skipiste „ein Bäumchen suchen" (da man sich ja quasi nackt ausziehen muss), sofern man nicht männlichen Geschlechts ist.

So erhofft man sich, nach stundenlangem Anstehen am Skilift, dann doch mal die Sichtung einer Einkehr-Hütte. Es ist fast eine Doktorarbeit, seine Skier abzustreifen. Ein weiterer Wahnsinns-Akt ist es, mit den klobigen Ski-Stiefeln samt noch darunter klebendem Schnee eine glitschig-rutschige Treppe rauf oder runter in besagter Skihütte zur Toilette zu bewältigen.

Endlich geschafft! Skioverall runter und - uff: Grenzenlose Erleichterung! Nachdem meine Mutter erfolgreich diesen Akt vollzogen hatte, war ihr Gesicht recht entspannt.

Allerdings bemerkte ich, dass der rechte Ärmel am Overall meiner Mutter nass war und so ein bisschen gerochen hat.

Da dämmerte meiner Mutter die merkwürdig erschreckende Erkenntnis: „Ich habe in den verdammten Ärmel meines Overalls vor lauter Eile reingepieselt. Ich habe mich auf der Toilette schon gewundert, dass da nichts geplätschert hat."

Andere Geschichte: Ich gebe ja zu, dass ich ein willfähriges Opfer der Kosmetik-Industrie bin. Bereits als Baby begann ich, mir Hyaluronsäure und ähnliches Zeug zwecks späterer antizipierter Faltenvermeidung ins Gesicht zu schmieren.

Bei mir zu Hause stehen viele Cremetuben und -töpfe herum. Meine Mutter hat die Angewohnheit, sich mal eben aus einem Cremetopf zu bedienen. Sie vermeidet es aber meist, mal nachzulesen, was denn da in welchem Topf genau drin ist.

So hat sie sich mal leider Enthaarungscreme (für den Körper und nicht für das Gesicht, stand ausdrücklich in dem Beipackzettel!) ins Gesicht geschmiert.

Ihre Gesichtshaut reagierte daraufhin recht heftig beleidigt. Die Haut rötete und entzündete sich und schwoll teilweise sogar an. Sie sah tagelang so aus, als wäre sie in einen Mähdrescher geraten. Ich gebe zu, dass ich bis heute ein bisschen schadenfroh bin.

Mal hat sie in der Werkstatt meines Mannes ein sogenanntes „Wälzlagerfett" benutzt, um ihre trockenen Hände und ihr Gesicht zu pflegen. Der Schmierstoff befand sich in einem 10-Liter-Eimer.

Bei Wälzlagerfett handelt es sich um ein Abschmierfett, das ausschließlich für Fahrzeuge aller Art erfunden wurde.

Auf der anderen Seite war meine Mutter wohl der Meinung, dass in der Werkstatt meines Mannes auch feine Hautpflegemittel stehen und hat sich diese vermeintliche „Creme" ins Gesicht geschmiert. Geschadet hat es allerdings diesmal nicht.

An dieser Stelle sollten wir noch einmal über die Werbung und Preisgestaltung der Kosmetikindustrie nachdenken, oder?

KAPITEL 20

„Auch unser Geheimschrank war nicht geheim"

Jeder, aber auch jeder verfügt in seiner Wohnung, seinem Haus etc. über einen Schrank, eine geheime Schublade oder auch nur über einen Schuhkarton „zur besonderen Verwendung".

Dieses Recht ist sogar im deutschen Grundgesetz verbürgt. Jeder in einem deutschen Haushalt lebende hat das Recht, in seinem dafür ausgewählten Stauraum unnützes oder auch geheimes Zeug aufzubewahren. Man nennt solchen Krempel geheim, weil er eben nicht für anderer Leute Augen bestimmt ist, egal was sich darin befindet.

Sie meinen, Sie hätten so etwas nicht zu Hause? Seien Sie ehrlich, in jedem Haushalt gibt es so etwas.
Mit „so etwas" meine ich irgendwelche, wie oben beschriebene Stauräume, in die man eben mal so alles hineinstopft, wenn man mal gerade nicht weiß, wohin sonst damit.

So zum Beispiel:
Abgerissene Knöpfe, die man mal wieder annähen wollte, obwohl das Kleidungsstück längst in der Kleidersammlung gelandet ist. Aber den Knopf könnte man ja womöglich noch mal brauchen...?

Abgelaufene Pässe, man muss ja anhand des abgelaufenen Passes seinem Umfeld beweisen, wie jung man mal aussah.

Ohrstecker von (Modeschmuck)-Ohrringen, die man längst verloren hat.

Gürtel aus der „Flower-Power-Zeit" der 70er Jahre. In die Gürtel passt man längst nicht mehr rein, aber es könnte ja ein Retro Look wieder modern werden.

Teilweise befinden sich in solchen Schränken und Stauräumen aber auch sehr persönliche Dinge. Intimes eben. Mein Mann und ich hatten in den 80er Jahren eine Einladung zu einer Oldtimer-Rally nach Riga/Lettland erhalten. Mal eben so eine Strecke von einfach ca. 1.000 Kilometern.

Wir sind tatsächlich mit einem Oldtimer in unserem bayerischen Kaff losgestartet und sind auch ohne größere Zwischenfälle in Riga angekommen. Allerdings – es war eine Weile vor „Glasnost" und „Ostöffnung", haben wir uns vorsichtshalber mit einer Dose Tränengasspray ausgerüstet. Man weiß ja nie...

Wir haben dieses vermeintlich überlebenswichtige Spray nie gebraucht, also haben wir es nach unserer Rückkehr in den berühmten „Geheimschrank" gestopft. Wohin sonst damit?

Mein Mann und ich waren mal wieder mal unterwegs,

aber meine Mutter bei uns zu Hause. Bei unserer Ankunft empfing Sie uns freudestrahlend:

„Ich habe mal das Durcheinander in einem eurer Schränke aufgeräumt, da war ja allerhand unnützer Kram drin".

Allerdings konnte Sie nichts mit der Tränengasspraydose anfangen. „Was ist das denn für eine Dose, ich mutmaße mal, dass es ein Haarspray ist. Liebe Tochter, weißt du denn nicht, dass man Spraydosen nicht liegend, sondern stehend aufbewahren soll?"

Als Beweis ihrer These hat sie dann mal einen ordentlichen Sprüher aus der Tränengasdose in unserem Bauernzimmer versprüht.

Auch mein guter Freund Henry war bei dieser Geschichte dabei. Atemlos, heftig nach Luft schnappend und mit tränenden Augen liefen wir alle auf die Terrasse.

„Was habt ihr denn?" meinte sie nur. Na ja, sie war ja immerhin an große Dosen Pflanzenschutzmittel gewohnt, so jemanden bringt so schnell nichts um.

Als meine Mutter leicht vorwurfsvoll und lobheischend zusätzlich davon berichtete, sie hätte mal unsere Wäscheschränke (mit so persönlichen Dingen wie Unterwäsche, Dessous etc.) gesichtet, geschichtet und endlich geordnet, erstarrten mein lieber Mann und ich gemeinschaftlich.

Da hat mein sonst so friedliebender Mann, noch leicht tränengasgeschädigt, erstmals meine Mutter des Hauses verwiesen, was sie überhaupt nicht verstand.

„Was hat der denn bloß? Nichts kann man euch recht machen!"

„Mutter, du sollst uns nichts recht machen. Du sollst in unserem Haushalt und Garten ungefragt überhaupt nichts machen! Wann kapierst du das endlich?"

KAPITEL 21

„Urne zu Hause? Bloß nicht! Die würde meine Mutter auskippen und saubermachen"

Sie haben es ja schon mitbekommen, zu meinem unendlichen Bedauern ist mein Mann nach 25 gemeinsamen Jahren tödlich verunglückt.

Beim Verfassen dieser Zeilen schreiben wir das Jahr fünf nach diesem unermesslichen Unglück. Ich habe mich zwischenzeitlich aus diesem verheerenden Kummer einigermaßen gut rausgestrampelt.

Mein Mann und ich hatten immer ganz unverblümt und offen darüber gesprochen, wie, was, wo jemand von uns irgendwo bestattet werden soll.

Dieses Thema ist ja häufig ein Tabu. Nicht so bei uns. Nutzt doch nix, irgendwie und irgendwann müssen wir alle mal gehen.

In den USA gibt es die Möglichkeit, die Urne samt der Asche eines Verstorbenen mit nach Hause zu nehmen um sich damit solche - für mich gruslingen und fragwürdigen Gedenken - auf den Kaminsims über das künstliche Feuer zu stellen. Quasi ein lebenslanges Krematorium.

Für mich völlig unfassbar! So etwas wäre für mich nie in Frage gekommen. Ich schaue mir doch nicht eine Urne auf meinem Kaminsims an und weiß, dass hier mein „gestandenes Mannsbild" in Form von Asche und Staub sein (weiteres?) Dasein fristet.

Nein, das hätte ich nie ertragen! Diese Vorstellung wäre der blanke Horror für mich.

Allerdings ereilte mich mal wieder ein Albtraum.
In diesem Albtraum habe ich die Urne mit der Asche meines Mannes nach amerikanischem Vorbild mit nach Hause genommen und auf meinen Kaminsims gestellt.

Allerdings war mir selbst im Traum die ganze Angelegenheit nicht so ganz geheuer. Ich habe selbst im Traum einen großen Bogen um den Kaminsims gemacht.

Da war meine überfürsorgliche Mutter mal wieder überraschend zu Besuch. Ich kam nach einem kurzen Einkauf nach Hause, da empfing mich Mutter mit den Worten:

„Du hast da eine etwas ungewöhnliche Vase auf deinem Kaminsims, da war nur so etwas an Unrat und Staub drin. Und wahrscheinlich hast du diese Vase beim Vorbeigehen auch wohl als Aschenbecher benutzt. Ich habe den Unrat in dieser Vase in deinen Restmüll gekippt. Der Restmüll wurde gerade abgeholt.

Deine Mülltonne ist also leer, wir können wieder mal was ausmisten. Und in diese seltsame Blumenvase kannst du eine paar schöne und feine Blümchen hineinstellen. Die

habe ich gleich aus dem Garten abgeschnitten. Ich habe diese Vase zusätzlich fein ausgewaschen und ordentlich poliert. Jetzt ist die Vase innen und außen schön sauber. Ist das nicht fein? Da freust du dich mal wieder darüber, was deine aufopfernde Mama für dich getan hat."
Entsetzt blickte ich meine Mutter an und mir liefen die Tränen übers Gesicht.

Da meinte meine Mutter sanft lächelnd: „Na also Kind, es geht doch, endlich weinst du mal vor Freude und Dankbarkeit darüber, dass ich dir ab und zu mal in deinem Haushalt hilfreich zur Hand gehe..."

Ich bin laut schreiend und unter Tränen aufgewacht. Gott sei Dank bin ich aufgewacht, vielleicht hätte ich sonst im Traum mit der Vase meine Mutter heftig attackiert.

Wie gesagt, nur ein Albtraum, aber ich schwöre Ihnen, so oder so ähnlich wäre es gewesen!

KAPITEL 22

„Kind, wann wirst du denn endlich schwanger?“

Na ja, bei aller „Nicht-Geeignetheit-wegen-Kinder-und-Hundevergessen-Genen“, die auch mein Nachwuchs von mir geerbt hätte:

Trotzdem War meine Mutter immer wieder recht interessiert, wann mein Mann und ich doch endlich mal Nachwuchs bekommen würden.

Mit Ende 20 oder spätestens Mitte 30 sind Sie ja heutzutage als Frau schon „Spätgebärende“.

Mein Mann und ich haben uns nie so wirklich um Nachwuchs gerissen. Wäre ein Kind entstanden, hätten wir es natürlich ordentlich genährt und aufgezogen.

Eines der wenigen Argumente meines Mannes für ein Kind: „In so manchem Motorraum meiner Oldtimer ist ein wenig arg begrenzter Platz. Da könnte man doch einem Säugling frühzeitig beibringen, einen Schraubenschlüssel in seiner Hand zu halten, um die eine oder andere Schraube im Motorraum auf- oder zuzudrehen. Wenn man den Säugling dann auch ordentlich von Kopf bis Fuß mit Wälzlagerfett oder Motoröl einölt, kann man ihn quer durch den Motorraum schieben, damit das Kind für mich mit meinen groben Händen unerreichbare Schrauben erreicht...“

Na ja, ich habe ja immer die Liebe meines Mannes zu seinen Oldtimern geteilt. Diese Betrachtungsweise als Argument für ein Kind war mir dann doch nicht so ganz geheuer. Es hat sich auf jeden Fall nicht ergeben, dass wir zweibeinigen Nachwuchs fabriziert haben. Und keinesfalls hatten wir Pläne und Absichten, ein Kind zu adoptieren.

Es muss sich doch nicht jeder fortpflanzen. Natürlich ist das auch im Guten eine Flucht nach vorne, wenn halt nichts mehr geht. Gott oder wer auch immer – segne meine Katzen! Da kann man auch seine vorhandenen „Eltern-Instinkte" austoben, oder?

Meine Mutter hat schon etwas mit unserer Ehe gehadert: „Kind, da ist allerhand Erbe da, das müsst ihr doch mal jemanden hinterlassen..."

„Kind, warum bist du denn immer noch nicht schwanger? Ist denn dein Mann eventuell schwul? Der war ja vor deiner Zeit ohne wirklich feste Beziehung!?"

Mein Mann war einfach ein „geübter Junggeselle", und er wollte sich nicht die nächstbeste Schnepfe „ans Bein hängen". Wir haben uns dann, wie man so schön sagt, gesucht und gefunden. Deshalb war er nicht schwul, verdammt noch mal! Selbst wenn!

Es liegt mir an dieser Stelle sehr am Herzen zu betonen, dass ich in meinem Leben so allerhand gute Freunde hatte, die halt auf dieser Schiene waren. Es ist mir völlig egal, was wer mit wem und wie in seinem Schlafzimmer macht. Und jede Frau weiß, dass man mit schwulen Freunden wunderbar ganze Nächte durchquatschen kann über den Sinn oder Unsinn dieses (recht schönen) Lebens. Und so mancher „Hetero-Macho"-Idiot könnte sich mal gerne mal was in Sachen „Achtung einer Frau gegenüber" abschauen.

KAPITEL 23

„Plädoyer FÜR meine Mutter"

Ich habe Ihnen ja allerhand über die Eigenheiten meiner Mutter mitgeteilt. Vielleicht sind Sie jetzt der Meinung, dass meine Mutter eine ganz schlechte Frau mit nur schrecklichen Eigenheiten ist. Dass ich an meiner Mutter „kein gutes Haar lasse". Weit gefehlt!

Nein, nein, im Prinzip ist das Gegenteil der Fall. Durch die frühzeitige Scheidung meiner Eltern, ich war vier, mein Bruder sechs, war sie schon ganz schön früh gefordert, um ihr Leben als Alleinerziehende zu meistern. Für sich und für uns Kinder! Damals gab es nicht so die fest geregelten Besuchszeiten für Väter und ihre Kinder. Und – bis auf wenige Treffen - gab es auch nicht so wirklich ernsthafte Versuche meines Vaters, meinen Bruder und mich regelmäßig zu besuchen. Nein, keine Angst, ich schreibe nun nicht noch ein neues Buch über „Väter-Töchter-Verhältnisse", dazu hätte ich zu wenig Munition.

Meine Mutter stand immer wieder vor großen Herausforderungen, um unser Leben in jeder Hinsicht, sehr oft auch finanziell zu meistern. Und das hat sie auch wirklich blendend geschafft.

Sie hat meinen Bruder und mich mit sehr wichtigen Charakterzügen ausgestattet, die sie nun mal auch inne hat:

Courage, Herzensbildung und keinerlei Feigheit vor dem „vermeintlichem Feind, nur weil er eventuell einen Doktortitel oder eine besondere Stellung inne hat".

Da gäbe es ja schlechtere Eigenheiten. Nie werde ich folgende Geschichte vergessen:

Wir Kinder sind mit dem Zug zur Schule gefahren. Den hat man halt ab und zu verpasst. Auf dem Lande lebend, kommen Sie dann schon mal morgens eine Stunde zu spät zum Unterricht.

So mal wieder mein Bruder. Er kam eine Stunde zu spät in seinem Gymnasium an. Als er das Gebäude betrat, kam ihm der „sehr beliebte" Konrektor der Schule entgegen mit den Worten: „Du bist mal wieder zu spät, woran liegt das?" Mein Bruder: „Ich habe heute Morgen den Zug verpasst". Konrektor: „Wissen das deine Eltern, können die das schriftlich bestätigen?"

Mein Bruder: „Ja, meine Mutter kann das bestätigen, meine Eltern sind geschieden."

Daraufhin meinte der Herr (katholische) Konrektor nur: „Aha!". Es war Anfang der 70er Jahre gerade im katholischen Bayern nicht so ganz schicklich, ein Kind geschiedener Eltern zu sein.

Daraufhin wurde meine Mutter in diese Schule zu einem klärenden Gespräch eingeladen. Zu Beginn des Gesprächs meinte der Konrektor, er würde eine weitere Lehrkraft als Zeugen hinzurufen. Daraufhin meinte meine Mutter nur: „Dann rufen Sie eine weitere Lehrkraft als meinen Zeugen hinzu, sonst führe ich dieses Gespräch nicht."

Das ganze Gespräch war im Prinzip „für die Katz".

Meine Mutter hat sich mit folgenden Worten verabschiedet: „Für heute haben wir ja das Thema, das Zuspätkommen meines Sohnes, abgehandelt, ich kann mir aber ausmalen, dass Sie in den nächsten Wochen einen Mini-Grund finden werden, um meinen Sohn aus Ihrer Institution rauszuwerfen. Und wissen Sie was? Das ist mir egal. Ich möchte gar nicht, dass mein Sohn auf einer

Schule ist, der Sie im zweiten Glied vorstehen!" Jawoll! Meine Mutter ist und war sehr attraktiv und immer sehr hochwertig angezogen. Sie hat diesen Raum hoch erhobenen Hauptes verlassen.

Keine drei Wochen später wurde mein Bruder des Gymnasiums verwiesen. Welche Überraschung!

So oder so ähnlich war meine Mutter ein ganzes Leben lang drauf. Und wir Kinder haben viele dieser couragierten Eigenschaften übernommen, wohl auch, weil von ihr vorgelebt.

Ich hatte mal einen Arbeitgeber. Auch Sie kennen solche Typen. Wetten? Einen Kopf zu klein, restliche Kopfhaare mit viel Haarspray über die Lücke gekämmt und – was sonst – Eigner eines „potenten" deutschen Sportwagens.

Wenn dieser Chef die Firma betreten hat, haben alle lang gedienten Mitarbeiter den Kopf eingezogen und den Rücken etwas krumm gemacht. Das habe ich in den ersten zwei Arbeitswochen schon mitbekommen und gewusst: „Das machst du nicht mit, selbst wenn du mal ein Jahr arbeitslos wärst."

Da war mal während meiner Probezeit eine Konferenz in Anwesenheit dieses Chefs. Ich hatte von dieser Firma (die Kollegen waren okay, aber der Chef...) schon so die Schnauze voll, dass ich tatsächlich in dieser Konferenz gesagt habe: „Das einzige, was in dieser Firma dringend geändert werden müsse, ist das einzige, was in dieser Firma nicht geändert werden kann!"

Einer meiner Kollegen fragte mich nach dieser Konferenz, „ob ich denn nicht wisse, wann man die Schnauze zu halten habe". Ja, habe ich gesagt, aber meine (auch psychologische) Gesundheit ist mir wichtiger als ein Job. Das ist und war ein sehr gutes Erbe meiner Mutter Courage!

Ich will in diesem Kapitel ja nur zum Ausdruck bringen, dass meine Mutter soweit schon o.k. ist.
Wenn sie halt nicht immer anderen (und vor allem mir) ihre eigenen Vorstellungen gewaltsam aufzwingen wollte.

– E N D E –

IN ERINNERUNG AN

meinen Mann
Otto „Duza" Bussinger
* 29. Oktober 1941
† 9. Februar 2011

meinen großen Bruder
Peter Liebs
* 28. Mai 1956
† 27. Juli 2017